モーニングワーク

モーニングワーク

寺崎《てらさき》 昂《すばる》

ILLUSTRATION：サマミヤアカザ

モーニングワーク

LYNX ROMANCE

CONTENTS

モーニングワーク

広さの割にものが少ない部屋だな、とすべての部屋をチェックし終わったあとで、杉嶋静秋《すぎしましずあき》は軍手を外しながら思った。

大きな嵌《は》め込み窓から外を眺めれば、東京《とうきょう》スカイツリーが真正面に見える。都心のマンションの最上階、見晴らしのいいこの場所で暮らしていた男は、先日仕事中に心筋梗塞で息を引き取った。

「シズくん、俺はどこを担当すればいい？」

緩くパーマのかかった茶髪をきちんと帽子の中に押し込んだ大男が、廊下から顔を出して静秋に訊《き》いた。

「久野《くの》さんは寝室をお願いします。俺は水回りをやります」

すげなく答えて背中を向けると、しかし久野は食い下がるように言った。

「水回りは大変だろ。あとにしてふたりでやったほうがよくないか？」

それに、「リーダーは俺です」と短く返し、静秋はキッチンの食器棚を開けて、用意した段ボールに食器を押し込んでいく。しばらくじっと静秋を見つめていた久野だったが、頑《かたく》なな様子の静秋に軽いため息をつくと、やがて諦め言われたとおりの仕事に向かう。

「了解。でも何かあったら遠慮なく呼んで、かわいこちゃん」

ウインクが飛んできても、静秋はいつも見なかったことにする。

金箔《きんぱく》のついた漆器、軽い素材でできたご飯茶碗、バカラのグラス。そのどれもが使い込んだ傷もなく、新品同様の顔で棚に並んでいる。

売れそうなもの、廃棄するもの。そのふたつに分けて、売れそうなものは緩衝材で包みながらどんどん段ボールに詰めていく。

「それ、全部捨てるのか？」

黙々とその作業に没頭していると、いつの間にか背後に久野が立っていて、上から声が降ってきた。

久野とバディを組んで四ヶ月。不意打ちのように彼が目に映るとき、未だにその容姿にはっと息を呑《の》むことがある。

彫りの深い、かといって濃すぎない整った顔立ちに、一八〇を優に超える長身と、適度に鍛えられた肉体は、従業員のあいだでもダサいと評判の枯草色のツナギさえスタイリッシュに錯覚させる。久野が「最先端のおしゃれなファッションです」と言えば十人中九人は信じてしまいそうな気さえする。男にしては線が細く、顔も薄味で頼りない雰囲気の静秋とは大違いだ。

「形見分けとか、そういうのあるんじゃないの」と、久野が訊いた。

「ないです」と静秋は一瞬波立った感情を鎮めるように平坦な声で答えた。「ご遺族はいないって説明しましたよね」

「そうだけど」と久野が唇をわずかに尖《とが》らせる。「家族がいなくても友達とか恋人とか、そういうのいるんならさ、」

「売れるもの以外はすべて捨てる。遺産はすべて寄付に回す。そういう依頼でした」

「でも」

まだ何か言おうとした久野を遮って、静秋は訊いた。

「寝室の仕分け、終わったんですか」

「だいたい終わったよ。服以外ほとんどものがなかったから。通帳や印鑑とか貴重品も発掘した。あとはベッドとか大物を運び出すだけ」

「そうですか。じゃあ先にリビングをやっておいてもらえますか。ここが終わったら合流します」

「シズくんさあ」

久野が腕を組んでトンッとドアに寄り掛かる。文句でも言われるかと思ったが、久野はバランスのいい整った顔にへらへらと下卑た笑いを貼りつけていた。

「なんですか」

「いい加減それやめなよ」

「それ？」

「敬語。年下とはいえシズくんのほうがここじゃ先輩なんだから。それにタメ口のほうが俺は嬉《うれ》しいな。輝之《てるゆき》って呼んでくれてもいいし」

初日から、久野はずっとこんな感じだ。静秋を先輩として扱ったことなど一度もない。自己紹介をしてすぐ、「静秋だからシズくんね」と一方的にあだ名を決めて、「嫌です」と言ってもやめなかった。

そんなチャラついて軽そうな人間を、静秋が好意的に受け入れられるわけがなかった。

「何度も言ってますが、親しくもない年上の人にタメ口はきけません」

品定めされるような視線に居心地が悪くなり、静秋は顔を逸《そ》らした。ふっと掠《かす》れるような吐息が聞こえた。

「バディなのに」

「ただの同僚でしょう」

「俺はそれ以上に親密になりたいんだけど」

それには答えず、カトラリーをまとめて摑《つか》んで、廃棄するものに分類する。ガシャンと派手な音が鳴って、びくりと身体をすくませたあとで段ボールの中を確認すると、先に入れたコップが粉々に割れていた。

「乱暴に扱うから」と久野が言った。

「どうせ捨てるものなので」

「それはそうだけど」

「お喋《しゃべ》りはいいので、リビング、お願いします」

強めの口調で言うと、久野は肩をすくめて両手を挙げた。彼がひとりリビングに向かったのを見届けてから、静秋は深くため息をついた。

食器類をすべて片付け終え、軽く掃除を済ませたあと、若干の憂鬱《ゆううつ》さを抱えつつ静秋もリビングに向かう。

大型テレビと収納棚、それから本棚に、一人用のソファとガラスのテーブル。窓の外にはスカイツリー。

部屋の中央に段ボールが置かれ、その中にはすでに結構な量の遺品が仕分けられていた。もうほとんど終わりそうだ。

「遅くなりました」

「ああ、あとちょっとで終わるよ。ほんと、ものが少ないな、この家は」

「高い値がつきそうなものばかりですけどね」

「独身でバリバリ仕事してた人みたいだからなあ。遊ぶ暇もなくて、ものにお金を使うしかなかったんじゃないか？」

「羨《うらや》ましいかぎりです」

静秋の言葉に、久野は苦笑した。

「そうかな」

「お金があるに越したことはありません」

本棚の小難しい啓発本を平置きで段ボールに詰めていく。

『部下の上手な叱《しか》り方』

『職場環境を改善するには』

『五十代からの終活〜遺産について〜』

『人生を明るくする三〇の方法』

最後の本のタイトルを眺めて、静秋は手を止めた。中身をパラパラと捲《めく》ると、「常に笑顔で」と当たり前のことがさも重要なことのように書かれていた。

この人は結局、この本を読んで明るい人生を歩めたのだろうか。

「どうかした？」

眉間にしわを寄せていると、久野が訝《いぶか》しげに訊いた。なんでもありません、と静秋は首を振って応えた。

どちらにせよ自分には関係ないことだ。

静秋は本を閉じて作業を再開した。


荷物を倉庫に運び終え、トラックを定位置に戻したあと隣の事務所に戻ると、社長の本山《もとやま》が客にもらったという茶菓子を広げて待っていた。

「おう、ご苦労さん」

事務員の渡辺《わたなべ》が人数分のコーヒーを淹《い》れ、芳《こう》ばしい匂いが狭い事務所に充満する。

「どうだった？」と本山が訊いた。

「はい。特に何事もなく。通帳のほかに株券も見つかったので、結構な額になると思います」

「三千万円くらいは余裕で超えそうだったよ」と久野がコーヒーを飲みながら付け加えた。

「まあ、俺らんとこには依頼料しか入んねぇけどな、がはは」

本山が豪快に笑い飛ばし、それから身を乗り出した。

「で、そうじゃなくて、今回もやばいブツはあったのか？」

静秋がちらりと渡辺に目を遣《や》ると、彼女は「お気になさらず」と席に戻って耳にイヤホンを嵌めた。話を聞く気はないから好きにしろという意味らしい。

「ああ、あったよ。でもまあ、至って普通の趣味だったよ」

久野がソファの背に身体を預け、長い脚を組む。雇い主である本山の前でこんなにも堂々としているのは、なんてことはない、久野が本山の甥《おい》だからだ。

「普通の？」

「SMとかスカトロとかそういうんじゃなくて、もっとソフトな、アイドル系の若い男の子同士がじゃれてる感じの」

「倉庫にありますよ。見たいなら持ってきましょうか」

静秋が言うと、本山はいや、と首を振った。

「見たいわけじゃないんだ。ただ仏さんの性癖が知りたいだけだから」

「はあ」

本山の趣味は少し変わっている。今回発掘されたゲイビデオや雑誌等々、性的ないやらしい遺品そのものよりも、亡くなった人がどんな性癖を隠していたかに、より興奮するらしい。赤の他人の内面を一方的に暴く反倫理的な行為が堪《たま》らないだのなんだのと言っていたが、静秋には理解できないし、しようとも思わなかった。

「それにもとより俺はお前らと違ってゲイじゃないから男同士のそういうのには興奮しない」

「依頼人は男ですよ。それでも興奮するんですか？」

「そういうことじゃねぇんだよ」

「はあ」

静秋が首を傾《かし》げると、いいんだいいんだ、と本山は手を振った。

「そんなことより、次の依頼が入った」

渡辺さん、と本山が呼ぶと、カタカタとキーボードを打っていた渡辺の手が止まった。イヤホンを外し、立ち上がって書類を持ってくる。丸聞こえじゃないか、と静秋が気まずさに視線を逸らすと、さらに久野と目が合った。にっと目尻を下げられ、思わずぎゅっと眉間にしわを寄せる。そんな静秋に、さらに久野は投げキッスを寄越した。

「こらそこ、イチャついてないで聴け」

「はーい」

「イチャついてません」

「どっちでもいいけどよ」

パンッと渡辺から受け取った書類を叩《たた》き、本山が説明を始める。

「依頼人は江戸川区《えどがわ》の三十代男性。本人からの依頼で死後事務委任契約済み。間取りは1DKで貴重品は母親に送ることになってるな。家族にはカミングアウトしてないから、やばいものを見られる前に片付けてほしいとアパートの鍵も事前に預かってる」

読み終わった書類を、本山はこちらに向けてテーブルに置いた。女子高校生が書きそうな、無駄に丸っこい文字が並んでいた。

「なんで亡くなったんだ？」と久野が訊いた。

「胃がんだったそうだ。見つかったときにはもう末期で手遅れだったんだと。依頼を受けてから三ヶ月も経《た》ってねぇな」

「若いのに」

沈痛な面持ちで久野がテーブルに置かれた書類の表面を撫《な》でた。

「しょうがねぇよ。早いか遅いかだけで、人間いつか死ぬ」

本山がそう言い、ズズッと音を立ててコーヒーを啜《すす》った。

「そんで、死んだあとの面倒をなるべく軽くしてやるのが俺らの仕事。だろ？」

本山が経営するのは、株式会社プルーフという小規模な遺品整理会社だ。ざっくり言えば、遺族に代わって亡くなった人の家を片付ける仕事で、活動範囲は東京都内、従業員は静秋を含めて十人ほど。

遺族から故人の遺品整理を依頼されることがほとんどだが、中には自分が死んだあと、家族に迷惑をかけたくないからと生前に自分の遺品整理の依頼をしてくる人もいる。

そしてプルーフがほかの遺品整理会社と少し違うのは、とある特殊な事情を抱えた人向けのサービスをしていることだった。

それが、静秋と久野が担当する、ゲイ向けの遺品整理部門だ。


本山がいきなり久野を連れてきて、「今日からお前と組ませるから」と勝手に静秋のバディに任命してしまったのは、今から四ヶ月前のことだ。

事務所のドアを開けて中に入ると、見知らぬ長身の男が、社長の机の前に立っていた。ブラインドから差し込む朝の光が、くっきりとした顔立ちに影を落としていて、そのあまりの作り物めいた佇《たたず》まいに、静秋はドアノブに手をかけたまま立ちすくんだ。

誰だろう、と疑問に思っていると、静秋に気づいた男が視線を寄越した。静秋を見て、愛想よく「おはよう」と口にする。

「どうも」

客だろうか。頭を下げた静秋に本山も気づいた。

「ああ、来たのか。静秋、これ、俺の甥《おい》っ子の輝之だ。うちで働くことになったから、指導してやってくれるか」

「久野輝之です。よろしく」

本山に甥がいるとは知らなかった。しかも、こんなに美形の。だが見比べてみると、確かに目元が似ていなくもないな、と思う。

「……杉嶋静秋です」

「ああ、杉嶋って、例の」

「例の？」

含みのある言い方に、静秋は眉をひそめて本山を見遣った。本山は「たはは」と悪びれた様子もなく笑って、頭を掻《か》いた。

「お前がゲイだって話したらさ、輝之がいいこと思いついたってんで、今相談してたとこなんだけどよ」

いいことを思いついた？

そもそも、また勝手に静秋の性指向をばらされたことにもカチンときたのに（本山にとって、性指向というのはさして重要な問題ではなく、肉が好きか魚が好きかと同じようなレベルらしい。うっかりという感覚も、ましてや悪気すらなく、飲みの席で恋愛話になったとき、静秋の性対象が男だと本山にぶちまけられたことがある。いわゆるアウティングというやつだ）、それを面白《おもしろ》がるようにネタにされるのにも腹が立つ。

一体どういうつもりだ、と久野にも胡乱《うろん》な目を向けると、久野は整った顔を緩め、自分を指差して、言った。

「そんなに怒らなくても。俺もゲイだからさ、安心して」

「え？」

予想外の言葉に、静秋は驚いた直後、だがすぐに警戒の色を顔に浮かべた。同類だとわかったからといって、親しくなる気など静秋には毛頭ない。

「それでね、シズくんもそうなら新しい部門を立ち上げてみないかって叔父さんに話してたところで……、あ、静秋だからシズくんね」

「嫌です」と静秋は即座に答えた。新しい部門も、変なあだ名も。

「まあまあ。最初から説明するから、まずは聞いてみてよ」

「そうだぞ、静秋。これが結構興味深くてな」

「はあ」

本山に言われてしまっては、聞かないわけにはいかなかった。静秋は構えるように腕を組むと、続きを促すように顎を引いた。

久野は満足げににっと口角を引き上げ、今しがた本山に話したという新部門についての構想を語り出した。

「ちょっと前にね、俺、死にかけたことがあって」

その一言にまずぎょっとしたが、静秋は口を挟まず聞くことにした。

「そのときに死について考えたことがあって。俺が今死んだら、部屋の片付けとかどうしよう。家族にやばいもの見つかったらやだな、とか。俺たちゲイってさ、家庭問題とかいろいろ抱えてるやつ、多いだろ。俺は比較的オープンなほうだけど、家族に隠してるやつがほとんどだ。そういうとき、俺たちの事情を知ってて受け入れてくれるところがあったら助かるなって思ったわけ」

「はあ。それで？」

「そんなことを考えてるときに、叔父さんの会社で働くことになって、しかも俺のほかにゲイの子がいるって聞いただろ？」

「はあ」

「じゃあゲイのための遺品整理があったっていいじゃないかって、ゲイによるゲイのための新部門立ち上げを打診したというわけだ」

筋は通っている、ように聞こえる。だが、果たして本当に需要があるだろうか。

自分が死んだあと、遺族の手間を減らしたいと思うのはわかる。だが、自分の性指向や性癖がばれたところで、もう死んでいるのだから恥ずかしがる必要はまったくない。遺族に手間をかけたくないだけなら、ゲイだということを隠して、生前に契約しておけばいいだけの話だ。わざわざゲイ向け、なんて冠をつけなくても、やることは同じだ。

「意味、あるんですかね」

静秋が呟《つぶや》くと、それで静秋の考えの大半を読み取ったのか、久野が追加で説明を始めた。

「あるよ。同じゲイなら、依頼人の意向も汲《く》み取りやすい。家族への説明はどうしてほしいか、パートナーがいる場合の形見分けはどうする、とかね」

「だから、それ、今の仕事と何が違うんですか」

依頼人の意向を聞いて、何を誰に遺《のこ》すか。

金銭の絡まないものなら、ある程度は依頼人とこちらの意向で決められることもある。ゲイだとかそうではないとか、関係のない話だ。

静秋が納得できずに反論すると、久野は首を傾げて訊いた。

「じゃあシズくんはさ、生きてるときに具体的な話もせずに、自分のことを理解してくれそうもない他人に自分の死後を任せられるのか？」

任せられる。静秋は即座に答えかけ、ちらりと本山を見て、やめた。

実際、本当に静秋は自分の死後のことなどどうでもよかった。部屋には必要最低限のものしか置いていないし、何か遺しておきたいと思う人もいない。

だが、誰もがそんな自分とは違うのだということは、少なくとも仕事を通じて理解していなければいけないことだった。ここで「任せられる」と言ってしまったら、本山の今までの指導が無だったことになってしまう。

静秋の沈黙を肯定と捉え、久野が得意げに口角を上げた。

「オープンにしていない人も、ちゃんと話をして、事情を理解してもらったほうが安心して任せられるし。そうなると、打ち明ける相手は同じゲイのほうがいい。そう考えるのは自然なことじゃない？　シズくんもゲイとそうじゃない人なら、どっちに頼みたい？」

どっちでもいい。が、確かに生前に打ち明けなければならないとしたら、相手も同類のほうがハードルは下がる。

「話は理解しました」

静秋が頷《うなず》くと、久野は満足したのか、本山に向き直って言った。

「だから、叔父さん、俺とシズくんでゲイ向け部門、やったらダメかな？」

「俺は嫌です」

自分を頭数に入れるな、と静秋はあからさまに嫌そうな顔をしてみせた。話の流れから、久野がそう言い出すのはわかっていたが、了承するつもりはない。やるとしたらひとりでやれ、と静秋は久野をひと睨《にら》みすると、本山に訴えるように視線を向けた。

「面白そうだと思うけどな、俺は」

だが静秋の願いも虚《むな》しく、本山は久野の提案を肯定的に捉えているようだった。

「やってみてもいいと思うし、やるとしたら輝之だけじゃ人手が足りない。だったら、静秋しか適任がいない」

「それは……」

「もちろん、静秋に無理強いするつもりはない。ただまあ、やってくれると俺は大いに助かるんだけどなあ」

本山がニコニコと笑顔で言った。その下にちらちらと社長という立場を利用した威圧が感じられた。甥である久野と違って、本山と血縁関係にあるわけでもないただの従業員の静秋に、断る権限はもちろんなかった。

「……依頼の受付とか相談とか、俺は絶対にやりませんから」

「それは全部輝之に任せればいい。よし、じゃあ静秋の了承も得たわけだし、今日からお前と組ませるから。新人研修も新部門の具体的なプランの詰めも、お前らふたりでやれ。な？」

「了解」

嬉々《きき》として、久野が頷いた。静秋は湧き上がりそうになる黒い塊をゆっくりと呑み下すように深呼吸して、バディとなった男に「よろしくお願いします」と事務的に頭を下げた。


人間と関わるのは煩わしい。

それなのに、ぐったりと疲れるたび、身体の奥から焦《じ》れるような欲望が噴き出してくるのを止められずにいる。誰かに身体をまさぐられ、突き上げられる快楽を知らなければ、きっとこんなふうに見知らぬ誰かとやり取りするような面倒なこともせずに済んだのだろう。

だが、知らなかった頃には戻れない。

はあ、とため息をつきながら、静秋はスマートフォンの画面でもう一度相手の特徴を確認した。

二十三歳、身長一七九センチ、ガテン系。

出会い系アプリのプロフィールには写真はあったものの、口元しか写っていなかった。だが、顔はどうだっていい。静秋が欲しいのは自分を組み敷いてくれる屈強な身体だけだ。

待ち合わせ場所はホテル街から少し離れた飲み屋の前。茶髪にグレーのパーカーだというが、そんな格好の人間は掃いて捨てるほどいるから困る。

静秋はキャップを深く被《かぶ》り、閉じていた黒のナイロンブルゾンのジッパーを少しだけ下げた。中に着ているのは、派手な蛍光オレンジのTシャツだ。あまり目立ちたくはないので、目印はあくまでも待ち合わせのときのみ見えるようにしている。

しばらくして、「君、メイくんで合ってる？」と横から声がかかった。顔を上げた先にいたのは、確かにがっちりとした体格の茶髪の男だった。静秋は頷いて、すぐにホテル街のほうへ歩き出す。隣を歩きながら、男はへらへらとした笑みを浮かべた。

「どうも、ミツです。身体の写真だけしかなかったから、どんな子なんだろうって思ってたけど、メイくん結構可愛《かわい》い顔してるね。まだ二十歳だっけ？」

「はあ、まあ」

メイというのは、アプリ登録時にたまたまテレビに映っていた芸能人の名前だし、二十歳なんていうのも真っ赤な嘘《うそ》だ。実際の年齢はそれよりも四つ上になる。

「そっか。じゃあ今夜は俺が可愛がってあげるね」

そう言って、男は静秋の肩に手を回した。年下だと思っているからか、妙に馴《な》れ馴れしい。飲み屋の前というのもあって、男同士がくっついていてもなんの違和感もないものの、いきなり距離を詰めてこようとする人間は苦手だ。男から甘ったるい香水の匂いがした。

嫌いな食べ物を飲み下すときのように、静秋はぐっと喉に力を入れてそれを堪《こら》えた。嫌がる素振りを見せてはいけない。この男を逃せば、今夜の相手を捕まえるのはもう無理だろう。

「そこのホテルでいいですよね」

俯いたまま訊くと、男の手がいやらしく静秋の胸を揉《も》んだ。Tシャツ越しに乳首を掠め、思わず「うっ」と声が洩《も》れた。

心と身体は別物だと、こういうときに実感する。火照った身体はちょっとした刺激にも脆弱《ぜいじゃく》で、不快に思っている人間相手でさえ簡単に落ちてしまう。そんな自分が心底憎い。が、治そうとも思わない。治し方もわからない。

「あれ？　感じちゃった？」

喜色を浮かべて、男が囁《ささや》く。不快感がさらに増す。

それなのに、自分はその手を払い除《の》けられない。

「……感じた。だから、早く」

急《せ》かすように静秋は男の手を握った。ごくり、と喉を鳴らす音がして、笑いそうになる。自分だけでなく、この男もまた相当に切羽詰まっているらしかった。先ほどまでのだらだらとした足取りが、急に速くなった。

「マジでやっべぇわ。今日は当たりだな」

呟いた男のペースに合わせ、静秋は無言でついていく。

安いホテルの剥がれかけた外装。無気力な受付。怪しげなネオンライト。タバコの匂いの染みついた部屋。その中心に置かれた、やけに豪華なダブルベッド。

すべてが見慣れたものだ。何度もここで出会ったばかりの男と一夜を共にした。

「メイくん」

知らない人の名前を、男が呼ぶ。静秋は目を閉じて、男の吐息が近づいてくるのを待った。


目的の部屋は、二階建ての古めかしい木造アパートの一階の角にあった。

1Kで家賃は六万三千円だと入居者募集の貼り紙に書いてあったが、その値段を払うには少し躊躇《ため》うような薄汚さだ、と静秋は鍵を開けながら思った。

「見た目ボロすぎないか？」と後ろをついてきていた久野が言った。「駅からも遠いのに、これはちょっと」

同じ考えでいたことになんとなくムッとして、静秋は険のある声で言う。

「あなたが住むわけじゃないんだから、別にいいでしょう」

「それはそうなんだけど」

玄関に入ると、まずその匂いに静秋は眉をひそめた。男の部屋とは思えないようなフローラルな香りが漂っていた。

「なんだこれ、甘ったるい匂いだな。鼻がムズムズする。……シズくん、止まってないで入って。ほら」

久野がすんすんと鼻を鳴らしながら静秋の身体を押す。ぐるりと見回せば、シューズボックスの上に匂いの元の芳香剤が置いてあった。ピンク色の可愛らしいパッケージだ。その隣にはデフォルメされた猫のアクセサリーケースが並んでいて、中には色とりどりのピアスや指輪が入っていた。

「なんか女の部屋みたいだな」と久野が言った。「勝手に入るのが申し訳ない気持ちになってくる」

「女装家だったみたいですね」

玄関から見た限り、外観のボロさとは正反対に、部屋はきれいに片付いている。この分だと昼前には終わりそうだ。

「病院で亡くなったって話だから、ある程度片付けてから入院したんだろうな」

「助かります」と静秋が頷くと、久野は苦笑して帽子を被り直した。

「そうじゃなくて、こうなることを覚悟してたんだなって話」

うちに生前予約するくらいだから、それはそうだろう、と静秋は無表情のまま靴を脱ぎ、儀礼的に合掌したあと、部屋の真ん中まで進んで、畳んであった段ボールを広げはじめる。

「久野さんは玄関と水回りをお願いします。俺は部屋を片付けます。通帳や現金以外はリサイクルに回さず廃棄してほしいとのことです」

「ほかは？」

「ほか、とは？」

手際よく段ボールの底をガムテープで留めていく静秋を、久野が覗《のぞ》き込んだ。じっと見つめられ、決まり悪くなって静秋は目を伏せた。久野の視線は、強すぎる。

「たとえば思い出の品とか」

「すべて捨ててほしいという依頼です」

「でも」

「依頼人は家族にカミングアウトしていない。疑われるようなものを遺したくない。それは俺たちが判断できることじゃない。だから全部捨ててくれ。そういうことでしょう？」

「そうか」と久野が納得していない様子で返事を寄越し、玄関へ引き返す。シューズボックスを開けて作業を始めた久野にほっとして、静秋もクローゼットを開けて服を畳みはじめた。

初めて久野と仕事をしたときから、こういうことがたまにある。久野は軽口を叩くだけではなく、静秋の指示をすんなりとは受け入れず、一言二言含んだ物言いをしてこちらを窺《うかが》ってくるのだ。

そのたびに何かを試されている気になる。

漠然とした大きな何かが久野の背後にいて、それらが自分を一斉に見つめている。そんな感じだ。そうなると静秋は蛇に睨まれた蛙《かえる》のごとく、ただただそれが過ぎ去るのを待つほかない。

久野は、以前は大きな会計事務所で働いていたエリート会計士らしく、大学中退の静秋に指図されるのが気に食わないのかもしれない。とはいえ、この仕事を長くやっているのは静秋のほうだ。黙ってはいはいと言うことを聞いてくれればそれでいいのに、と視線をやり過ごしたあとはいつもふつふつと怒りが湧く。

後輩なら今までにも何人かいた。しかしこの職に長く留《とど》まる者はそう多くなく、新しい人員が来てもすぐに辞めてしまい、今は久野を除けば静秋が一番下っ端という立場にある。

社員が定着しない、と本山が嘆いているのも知っている静秋としては、なるべくなら後輩には、やさしいとはいかないまでも、不快にはならない程度に接したいと思っている。

だが、久野は別だ。

本山の甥で、態度がでかくて、かなり派手に遊んでいたらしいという噂《うわさ》に違《たが》わず見た目も軽薄そうで、最初からふざけた調子で静秋を構ってくる。静秋から距離を取らなければ、詰められる一方だった。

静秋には、誰かと仲良くなりたいなどという願望は皆無だ。仕事でなければ他人との接触はなるべくしたくないとさえ思っている。己のテリトリーに踏み込まれたくはない。同じゲイだからといって、勝手に仲間意識を持たれても困る。

しかしもっと厄介なのが、先ほどの久野の態度だった。口では「仲良くなりたい」と言うくせに、こちらを値踏みするようなあの視線――。へらへらしているだけではないからこそ、静秋は扱いあぐねていた。いっそただの軽薄な男なら、何も感じずスルーできていた。

だから久野という男は、静秋にとってストレスでしかない。わけがわからない宇宙人のようだ。

こうしたちょっとしたやり取りが、穏やかなはずの静秋の水面《みなも》を掻き乱す。

そう感じたのも束《つか》の間《ま》。

ひらひらしたワンピースに、フリルのついたキャミソール、ウェーブのかかったロングウィッグ――触ったこともない女性らしい素材でできたそれらを次々と仕分けていくうち、静秋の心はいつもどおりに凪《な》いでいく。

これも廃棄、これも、全部廃棄――。

まだこの仕事に慣れていなかった頃は、どれが形見分けの遺品でどれがいらないものなのか、線引きがわからず困惑（程度では済まず、頭痛まで）していた静秋だったが、今は本山が作ってくれた細かなマニュアルに沿って、ただ淡々と物を仕分けられるようになっていた。

故人と遺族の関係は、親子か兄弟か、あるいは夫婦か。惜しまれているか、そうではないか。使い込まれたものかどうか、ほかに揃《そろ》いのデザインのものはないか――。

さらに細かい項目はあるものの、今回のように、捨てるものがはっきりしている場合は特に楽だった。頭を使わず、機械のように黙々と身体を動かしていると、あっという間に時間が過ぎる。

クローゼットを片付けて、次はテレビ台。上に飾るように置いてあるファンシーな小物を不燃と可燃に分け、ざらざらと段ボールに流し入れたあと、抽斗《ひきだし》を開ける。年金手帳や通帳、印鑑を発見し、それを貴重品入れにまとめて入れる。

そしてその下の抽斗を開けると、写真立てが伏せられた状態で入っていた。

静秋は一瞬冷たい風が吹くのを感じ、思わず目を閉じた。息を吸って、吐いて、風の気配がなくなった頃、目を開けて、写真立てを手に取った。

そこには、亡くなった依頼人と、それからおそらくは彼の恋人だろう男が幸せそうに肩を組んでいる姿が写っていた。

どうしよう、とは思わなかった。

依頼にはなかったことだ。静秋は写真立ての材質を確かめて、不燃用の段ボールに入れようとした。が、そのとき、「それ、捨てるのか」と上から硬い声が降ってきた。振り返ると、しゃがんだ状態の静秋を、険しい表情の久野が見下ろしていた。

「捨てます」

静秋は止めていた手を再び動かし、写真立てを段ボールに納めた。倉庫に持ち帰ったら、さらに分解してガラスと金属を分けなければならない。

「この人に渡さなくていいのか？」

久野がしゃがんで写真立てを取り出した。

「恋人だろ、多分。手紙のひとつやふたつ探せば出てくるだろうし、住所くらいどっかにあると思うけど」

「依頼にはありません」

「ないかもしれないけど、依頼人だって恋人に形見分けしてほしいって普通は思うんじゃないか？」

「そこを判断するのは久野さんじゃありません。依頼人です。勝手に依頼人の気持ちを推し量らないでください」

「推し量って行動しないと遺品整理なんてできないだろうが。どうしてそう頑ななんだよ」

久野の声が少し尖った。融通が利かないとでも思っているのだろう。だが、静秋にとって、依頼されたこと以外を徹底的に排除するのが正しい仕事のやり方だった。

他人の気持ちなど、誰にもわかるはずがない。

わかりたくもない。

はあ、と静秋がため息をつくと、久野がむっと口角を下げた。

「シズくんのやり方がスマートなのはわかるけど、俺はもう少し思いやりを持ってもいいと思う」

「思いやり」

「そう」

目鼻立ちのはっきりした顔が、ぐっと傍《そば》に寄った。静秋はそれを避けるように身体を引き、肩にかけていたタオルで額を拭った。さして暑くもない日なのに、じっとりと汗を掻いていた。

「たとえば」と静秋は久野が手にした写真立てを顎でしゃくる。「依頼人がそれを渡してほしくないと思っていたらどうするんですか？」

「でも、大事に取ってあったじゃないか」と久野が反論した。そしてまだ続けようとした彼を、静秋は遮った。

「恋人かどうかなんてわかりませんよ。ただの友人だったかもしれない。依頼人が片思いをしていただけの可能性もある」

マニュアルに載っていないことを静秋は最初から考えない。考えたところで死者相手に正解が何かを得ることなど叶《かな》わない。捨てるための まっとうな理由だけを、静秋は即座に考え、口にする。

「自分が死んだあとでも好きだったなんて伝える気はなかった。相手にも仲の良い友人のまま、綺麗《きれい》な形で記憶に残ってほしいと望んでいたかもしれない。だからあえて形見分けのリストに彼の名前を書かなかった。母親にも彼にも本当の自分を知られたくなかった。だから全部捨てるように依頼した。そういうふうにも考えられますよね」

「それは」

「それが俺の思いやりです」と吐き捨てるように静秋は言った。もしかしたら舌打ちもしてしまったかもしれない。久野は一瞬何かを言いかけて、だがそれは言葉にはならずに小さな吐息となって霧散した。

しばらく写真を見つめたあと、「そうだな。シズくんの意見も一理ある」と聞き分けのいい優等生めいた台詞《せりふ》を吐いて、久野は写真立てを段ボールに戻した。

さすがにきつく当たりすぎたので怒っただろうかと、静秋がほんの少しの後ろめたさを抱えて様子を窺うと、久野は怒るというよりどこか寂しそうな表情を浮かべていた。

煩わしいとは思っても、不用意に人を傷つけたいわけではない。静秋のせいで仕事を辞められても困る。

「それに、そもそもリストに載っていない人に勝手に形見分けを行うことは社長もあまり勧めてませんから」

フォローするようにそう言うと、久野が驚いたように顔を上げた。その顔が、徐々にいつものへらへらした顔に戻っていく。

「嬉しいな。シズくんがやさしい」

「仕事してください」

「了解、かわいこちゃん」


急に雨が降りはじめた。家を出る頃は晴れていたから、雨が降るとは微塵《みじん》も思っていなかった静秋は、慌てて近くのコンビニに駆け込んだ。

スマホで天気予報を確認すると、どうやら通り雨のようで、一時間もすれば止みそうだった。待ち合わせは、いつもの飲み屋の前。だが、あそこは庇《ひさし》も何もなく、かといって客でもないのに中で待つわけにはいかないので、しぶしぶビニール傘を買った。

突発的に買ったビニール傘は、アパートの玄関にもう何本も置いてある。そろそろ折り畳み傘を検討しなければと思いつつ、未だに買えずにいる。玄関のビニール傘が使い物にならなくなってから、と足踏みしているうちに、さらに傘は溜《た》まっていく。

随分昔から売れ残っていた傘らしく、開くときに中の骨が軋《きし》んで鳴いた。ビニールも少しべったりしていて、心なしか黄ばんでいた。はずれを引いたな、と舌打ちが出そうになったが、すぐに息を吐いて怒りを往《い》なす。

怒るのは、疲れる。

疲れると性欲が溜まって面倒事が増える。種族保存本能だかなんだか知らないが、男の身体は厄介な機能を備えているなと鼻で笑おうとしたところで、種の保存すらできない自分がどうして人一倍性欲だけはあるのだろうと真面目なことを考えそうになって、口元が引き攣《つ》れた。

激しい雨音と、湿ったコンクリートの匂い。その中を俯いて歩いていく。

待ち合わせの時間に少し遅れてしまった。だが、飲み屋の前にはまだ誰も来ていない。アプリを開いてメッセージを確認してみたものの、なんの連絡もなかった。もしかしたら雨が嫌で、ドタキャンされたのかもしれない。

はあ、とため息が洩れる。今回の相手は、生粋の遊び人とプロフィールに書いてあった。自信があるのか、堂々と顔写真も載せていて、確かにモテそうな風貌だった。きっとセックスも巧《うま》いだろうと期待していた分、ほんの少しがっかりする。

　十分ほど待ってみて、やはりもう来ないだろうと諦めかけた矢先、バシャバシャと足音が近づいてきて、「メイ？」と傘の向こうから声がかかった。顔を上げると、息を切らしたずぶ濡れの男が立っていた。プロフィールの写真より少し体つきは貧相な感じがしたが、顔は約束していた相手に間違いない。これだけ雨が降っているのに、傘も差さずに来たらしい。

「間に合ってよかった！　みのっちです」

　ニッと白すぎる歯を見せ、男が握手を求めてきた。シュールな光景だ。

　全然間に合っていないし、傘くらい買えよと思ったが、それらを呑み込んで静秋は手を握り返した。男の手はひんやりとしていて、触れたところから静秋の体温が奪われていくようだった。

「ちょっと中に入れてくれる？」

　ぼうっと立ち尽くしていた静秋が頷く前に、男がぐいっと傘の中に押し入ってきた。ぴとっと濡れた服が当たって、何とも言えない不快感が全身に広がった。

　しかしいつものように、それを堪えてホテル街に歩き出す。どうせ裸になってシャワーを浴びれば、不快感などすぐに消え去る。

　薄暗い夜の街を進み、男同士でも入れる善良なラブホテルを目指していると、横を通り過ぎた人と傘がぶつかった。雫《しずく》が跳ね、顔に雨粒が当たった。

「すみません」と静秋は咄嗟《とっさ》に謝った。

「いえ、こちらこそ……」

相手が謝り返したところで、聞き覚えのある声にはっとする。それは相手も同じだったらしく、窺うように上げた紺色の傘から、見知った顔が出てきた。

「あれ？　シズくん？」

久野だ。

こんなところで会うなんて、と固まっている静秋に代わって、隣にいた男が答えた。

「シズ？　人違いじゃないですか？」

「恋人？」

それを無視して、久野が笑って静秋に訊いた。職場で会うときのような、へらへらした笑顔ではなかった。いかに自分の顔がよく見えるか、徹底的に計算していそうな笑顔だった。薄暗い中でも、久野の顔のよさは見て取れる。

モデル然としたオーラに、男が怯《ひる》んだのがわかった。

「……久野さんには関係ないでしょう」

相合傘をしているこの状況が、無性に恥ずかしくて仕方がなかった。隣の男が恋人だと思われたくもなかったし、だからといって久野に違うと言うのもおかしな話だ。

「関係なくはないと思うけど。俺とシズくんの仲なんだから」

な？　と首を傾げ、久野が男を一瞥《いちべつ》した。値踏みするような視線だった。途端、男が静秋から傘を奪った。

「んだよ！　相手がいるなら出会い系なんてやってんじゃねぇよ！」

急な怒号と共に、雨粒が頬《ほお》に当たりはじめた。だが、すぐにまた雨が遮られ、いつの間にか静秋は久野の腕の中にすっぽりと納まっていた。押し退《の》けたかったが、そうすると濡れてしまう。どちらが煩わしいか考えて、静秋はおとなしくすることにした。

「なんかやばそうな人だったな。ずぶ濡れだったし」

男にくっつかれて湿ってしまった部分を、久野の手が撫でた。

「傘、盗《と》られた。最悪」

「出会い系がどうのって言ってたけど、ああいう知りもしない人とよく寝てるのか？　それとも決まった相手と？」

「さっきも言いましたが、久野さんには関係ないことですよね」

誰と寝ようが、ただの同僚に明け透けに答える義務はない。

「もし知りもしない相手となら、やめといたほうがいいぞ。自分のためにならない。シズくんはまだ若いんだから、ちゃんとした恋愛をしなきゃ」

突然説教めいた口調になって、久野が言った。思わず、「はあ？」と静秋の口から低い声が洩れた。

ちゃんとした恋愛。

反吐《へど》が出そうなほど、嫌いな言葉だ。

「男同士でまともな恋愛なんてできるわけがないでしょう。少なくとも、俺はそんな夢なんて見てないです。だから放っておいてください」

雨に濡れるからと撥《は》ね除けるのを躊躇っていた久野の身体を、ぐいっと押し返す。雨が一気に静秋を濡らし、急速に体温を奪っていった。

「シズくん」

名前を呼んで、久野が一歩近づいて傘を差し出した。代わりに久野が濡れ、高そうな茶色の革ジャンがあっという間に色を濃くしていく。自分のせいなのに、あーあ、と静秋は他人事《ひとごと》のように鼻白む。

無性に腹が立っていた。

いつもは抑えられるはずの怒りが、コントロールできずに顔に出る。

久野と話していると、たまにこうなる。

本山やほかの同僚に言われても全然腹が立たないのに、久野相手だとどうしてこんなにも腹が立つのか、自分でもよくわからない。彼が同類だからだろうか。それとも性格的な問題か。もしくは、無意識に久野の美貌に嫉妬――と考えかけて、それはないなと静秋は首を振った。派手な顔に憧れは皆無だ。好みでもない。

「久野さんも、こんなところにいるんだから遊ぶつもりだったんでしょう?」

ここはホテル街だ。職場とも離れているし、まさか住んでいるわけでもあるまい。

「用があったんでね」

「用？」

静秋はふっと笑って訊き返した。すると、久野は傘を静秋に預け、ボディバッグを漁《あさ》りはじめた。思わず久野に近寄り、雨を遮る。何を取り出すかと思えば、プルーフのロゴが入ったショップカードだった。受け取って裏面を見ると、ゲイ向け遺品整理、としっかり書かれている。

「俺たちの宣伝用のカードを作ったから、この辺りの男同士でも入れそうなホテルに置かせてもらおうかと思ってね。昨日は二丁目にも行って飲み屋とかに配ってきた」

「いつの間にこんなもの……」

ショップカードを作ったことも知らなければ、久野が仕事終わりに宣伝活動をしていることも知らなかった。意外と仕事熱心なことにも驚いた。

「シズくんには俺のわがままで一緒にやってもらってるから、このくらいの雑務は俺がしないと」

まるでちゃんとした社会人のようなことを言う。いや、そういえば久野は静秋よりもずっとちゃんとした社会人だった。大卒で、元会計士。経歴も頭の出来も、静秋とは全然違う。年齢に見合った大人らしさを見せつけられた気がして、静秋は喉の奥に何かがつかえたように何も言えなくなってしまった。

ゲイ部門の立ち上げ当初、久野が「俺が宣伝する」と豪語していたとき、静秋は久野の仲間内に話をするだけかと思い込んでいた。もしくは遊び相手に。だが、当たり前と言わんばかりに宣材を作ってきちんとした手順で営業していた。

思えば、ふたりでプランを立てろと本山に言われていたのに、久野に相談されたのは、客への説明の仕方とか、受付の様式とか、そんな誰にでもわかるようなことばかりだった。

はじめから、久野は静秋を頼りにはしていなかった。それに今さら気づいて、羞恥心に耳が熱を持つ。

「見た目はこんな感じだけどさ、俺、別に遊び人ってわけじゃないよ。みんなが噂してるのも、全部デマ。どちらかといえば一途《いちず》すぎて引かれるタイプ」

追い打ちをかけるように、久野が言った。

「誤解、解けた？」

頷くのは、躊躇われた。頷いてしまったら、負けを認めているようで、久野に対して張っていた壁を崩されそうで、怖かった。

感情は、沈めてしまえ。

いつものように心の凪《なぎ》を求めて、本山がくれた遺品整理マニュアルを思い出そうと頭の中でページを捲る。だが、いつまで経ってもざわざわと水面に漣《さざなみ》が立って、胸が苦しい。

「とりあえず、早く服乾かさなきゃ、風邪引くよ」

何も言わない静秋の手を摑んで、久野が歩き出す。すでに雨の音で埋まっている空間を、久野が必要もないのにさらに埋めようとする。

「もう一度言うけど、やっぱり不特定多数を相手にするのは感心しない。さっきの男みたいに、暴言だって吐くやつもいるし、危ないことに巻き込まれるかもしれない。ストーカーとか」

ストーカー。

その言葉に、静秋の身体がぴくりと反応する。足が止まり、動かなくなった静秋に、久野も止まった。

「何、もう経験あるの？　ストーカー」

「違います」

思ったより、大きな声が出た。久野が驚いて目を瞬《またた》かせる。静秋は摑まれていた手を振りほどき、放《ほ》っといて、と絞り出すように言った。

「久野さんには関係ないじゃないですか。俺がどうなろうと。酷《ひど》い相手に当たったって殴られたって殺されたって、あんたにはまったく関係がない。友人でも、ましてや恋人でもないあんたに」

「それは」

久野が苦笑して、肩をすくめた。馬鹿《ばか》にされた気がした。駄々《だだ》をこねる子どもを相手にしているときのような顔だった。

いや、実際、自分は駄々っ子なのかもしれない、と頭の隅でちらりと静秋は思う。

久野はただ、自分の叔父の会社の社員が問題を起こしたら面倒だから、私生活も気をつけて行動するようにと注意しているだけだ。冷静に考えればそうに決まっている。今までの久野の態度からして、静秋は子どもだと侮られて、往《い》なされていただけだったのだろう。かわいこちゃんだのなんだのと甘い言葉を囁かれて、軽く往なしているのは自分だと思っていたのに。

無性に、腹が立つ。

それが久野になのか、自分に対してなのか、静秋にはわからなかった。あるいはそのどちらにもなのかもしれない。

ふう、と久野が息を吐き、少し考えるように視線を斜め下に向けた。そして静かな声で言った。

「シズくんみたいな人を知ってるからかもしれないな。だから、放っておけない」

雨の中だというのに、久野の声はやけにはっきりと耳に届いた。その顔は、慈愛に満ちていた。

「危なっかしくて、見てられない」

「その人に俺を重ねて、哀れんでるんですか？」

はっと吐き捨てるように静秋は言った。

「そういうのはご免ですよ。あんたの自己満足に付き合う気はないです」

「そういうわけじゃないけど」

「じゃあどういうわけなんですか？　俺が遊んでて何か不都合が？　これでも会社には迷惑にならないようにしてるつもりです。実際、今までだって大きなトラブルも起こしてないでしょう。それとも、プライベートまで拘束されるんですか、うちの会社は。人権侵害じゃないですか、それ」

静秋はそう捲《まく》し立て、地面を蹴った。そうしてから、随分とガキくさい振る舞いだと後悔したが、遅かった。じわじわと目の周りが熱くなる。久野の顔を見ていられなくて、静秋はむすっとした顔でホテルの外壁に貼られていたチラシを睨んだ。

「単純に、心配してるんだよ、俺は」

じっと、久野が自分を上から見つめている気配がした。視線がちりちりと痛くて、ぎゅっと目を瞑《つむ》って、訊き返す。もう完全に、久野の表情は見えない。

「心配？」

「そう。シズくんは俺のこと鬱陶《うっとう》しいかもしれないけどさ、俺はシズくんのこと、気に入ってるから。同僚だし、これだけ一緒に働いてたら、情も湧くだろ。そしたら、心配だってする」

「情」

思わず笑いそうになる。情なんて不確かなものを振りかざして、静秋の行動にあれこれと文句をつけようとするのか、久野は。

気に入るほど、情が湧くほど、心配して説教を垂れるほど、久野は自分の何を知っているというのだろう。それなら会社のために素行に気をつけろと言われたほうが何倍もいい。納得もできた。

どうせ本心じゃないくせに。そう思わずにいられない。軽口ばかり叩くこの男の言うことなど、信じられるはずがなかった。

「たとえ心配だからって、それは俺に干渉していい理由にはなりません。俺だって人間です。性欲も溜まるし、抱かれたくもなる。だから発散するためにやってることです。いわばメンテナンスなんですよ、身体の」

「だったら、余計にちゃんとした相手を決めたほうがいい。出会い系なんて当たり外れもあるだろうし、犯罪に巻き込まれる可能性もある。病気だって移されるかもしれない。だからシズくんも恋愛して恋人を、」

再び紡がれたその単語に、静秋は目を開けた。

——恋愛、恋人。

そんなものに期待するのは、愚か者のすることだ。

「恋人なんていらないって言ってるだろ！」

突然吼《ほ》えた静秋に、周囲の視線が集まる。痴話喧嘩《げんか》か？　と好奇の目がじろじろと身体に貼りつく。しかし久野はそれを気にしていないのか、静秋に声を落とせとは言わなかった。むしろ普通に会話を続けようとする。

「だったら、身元のしっかりしてる人だけを相手にしたほうがいい」

「自分の素性を晒《さら》す人間を探せって？　そんな馬鹿、そうそう見つかるわけがない」

ただでさえ世間の目を忍ぶ人間が多いコミュニティの中で、久野が言うフルオープンな人はまずいない。もしそんなやつがいたら、馬鹿か、あるいは余程幸福な人間だ。そのどちらにも、静秋は関わりたくはない。

「いるにはいるんだけど、シズくんは断りそうだしな。知り合いだし」

久野が言った。

「は？　そんなやつがどこに」

眉をひそめた静秋に、久野は肩をすくめて答えた。

「シズくんの目の前に」

冗談を言っているのかと思った。

自分が、久野と？

「俺なら身元も明らかだし、今現在恋人もいないから浮気にもならない。一応ポジションもタチだから、抱かれたいシズくんにはぴったりだとは思うけどな。満足させられるかは置いといて」

どう？　と久野が屈《かが》んで静秋を覗き込んだ。存外真面目な顔だった。冗談を言っているわけではないらしい。

「けど、」

斜め上の提案に、静秋は言葉に詰まった。確かに、久野は本名も職業も知っている相手だ。暴力も振るいそうにないし、病気にだって気をつけていそうではある。

「一回お試しで寝てみない？　それに満足できたら、お互いにウィンウィンだろ」

「ウィンウィン？」

「そう。俺はシズくんの心配をしなくてよくなるし、シズくんは安全にセックスができる」

どう？　とまた訊かれ、静秋は少し怯んでしまった。

そんな提案、本当に呑んでしまっていいのだろうか。同僚とセフレになるなんて、気まずくはならないだろうか。しかも、苦手だと思っている相手なら、なおさら。

しかし、そんな静秋の心を読んだように、久野が言った。

「ああ、でもシズくんはそういうの無理か。割り切れなさそうだもんな」

ふう、とため息に似た吐息が、耳元を掠めた。また子ども扱いされていると感じて、静秋は咄嗟に返す。

「そっちこそ、満足させる自信もないんですか」

睨むように、久野を見つめた。

「どうかな。なるべくシズくんの好きなやり方で抱いてあげたいとは思うけど」

じゃあ、行こうか。久野が言って、歩き出した。

嵌められた、と気づいたのはホテルに入ったあとだった。わざと挑発するようなことを言って、乗せられたのだ、自分は。

今からでも帰ってしまおうか。だが、それこそガキっぽい気がして、静秋は部屋のドアを開ける久野の背中を追いかけるほかなかった。

久野が選んだのは、モダンな内装の部屋だった。普通のビジネスホテルと変わらないようなグレーの壁の中央には、バンクシー風の絵が飾ってあった。ベッドのほうは、清潔そうな白の布団に、黒のベッドスプレッドがかけてある。照明こそ薄暗いが、静秋がいつも使っているようなラブホテル感満載の部屋ではなかった。

それが却《かえ》って、緊張する。

「濡れたままだとよくないし、シャワー浴びてきちゃいな」

久野がそう言いながら、色の変わってしまった革ジャンを脱いだ。薄いロングTシャツ一枚になると、久野の身体の逞《たくま》しさがより一層際立つ。

「久野さんは？」

「俺よりシズくんのほうが悲惨だろ。あ、それとも一緒に入りたい？」

からかうような口調に、静秋は眉根を寄せた。

「お先にいただきます」

バスルームも、至って普通だった。ガラス張りでもないし、マジックミラーでもない。ローションは置いてあったが、それだけだ。ここへ来る前に、身体の準備はしてきてある。一応もう一度だけ中を軽く洗い、ローションで縁を柔らかく解《ほぐ》しておいた。

浴室を出ると、洗面台の前に久野がいた。こちらに気づかないまま熱心に何をしているのかと思えば、濡れたタオルで革ジャンを包んでいた。

「何やってるんですか？」

裸のまま、静秋は訊いた。身体は隠さない。どうせこれから何もかも見られるのだから。

「一部分だけ濡れてると、乾いたときにそのままシミになるから、全体を濡らしてるんだ。乾く前にオイルもつけなきゃいけない」

振り返らないまま、久野が答えた。

「へえ」

革ジャンなんて面倒なもの、静秋は買ったことがない。服は着られればなんでもいいし、汚れたら買い換えていた。今日着ているパーカーも、くたびれたら捨てるつもりでいる。

「物持ちがいいんですね」

「言っただろ、俺は意外と一途で重い。気に入ったらなかなか手放せなくて」

「そんな人がセフレに立候補するんだ。怖いな」

ふっと静秋が笑うと、久野は作業の手を止めてようやく振り返った。静秋が裸でいることに驚いたのか、見てはいけないものを見てしまったように目が泳ぎ、静秋の性器からはすぐに視線が逸らされた。

「何が怖いの?」

誤魔化《ごまか》すように、久野が訊く。

「気に入られたら、手放してくれなさそうで」

「なるほど。でも、もうシズくんのことは気に入ってるからなあ」

ハンガーに革ジャンをかけ、久野がズボンを脱ぎはじめた。静秋はバスローブを羽織ると、バスルームを出てベッドに寝転がった。スプリングが静かに軋み、柔軟剤の匂いがふわりと立ち込めた。

これから、久野に抱かれる。そう考えると、少しだけ怖い。

先ほど怖いと言ったのは、本心だった。今まで静秋は特定の相手をつくったことがない。寝るのは、一度だけ。あっても、二度まで。それは静秋が自分に課した厳格なルールで、親睦を深めるようなことをしたくなかったからだ。

もしセフレをつくって、相手から好意を寄せられたとしても、静秋には応えようがない。応える気などさらさらない。

では、なぜ久野の提案を受け入れたのだと言われれば、完全に静秋の判断ミスだった。もちろん、久野が本気で静秋を好きになるとは思っていないし、「好きになるな」と牽制《けんせい》するのも自信過剰だと思われそうで、言えはしない。

一度だけだ。一度寝たら、「合わなかった」とでも言って断ればいい。久野ならば、ぎくしゃくするだとか、仕事に支障をきたすこともないだろう。

「起きてる？」

いつの間にか、久野が真上から静秋を覗き込んでいた。

「起きてます」

静秋は身体を起こして、久野の分のスペースを空けた。

「革ジャン、大丈夫そうですか？」

大して気にもしていないが、なんとなく訊く。

「ああ。前にも一回濡らしたことがあったから、対処法はばっちり。駄目そうなら専門のクリーニングに出すよ」

答えながら、久野がバスローブの紐《ひも》を解く。その隙間から、ほどよく筋肉のついた胸が見えた。

「シズくんは、どういうのが好み？」

「俺は、」

なるべく乱暴に扱われたい。そう言いかけて、やめた。そんなことを言えば、またくどくどと説教されそうだ。

「なんでもいいです。気持ちよくしてくれるなら、なんでも」

「お姫様みたいだな」

言い方にむっとする。

「やれと言われればフェラだってするし、騎乗位だってしますけど」

「なるほど。どっちかって言うと責められたいタイプか」

ふむ、と頷く久野を黙殺し、静秋もバスローブを脱ぐ。久野に比べたら劣るが、静秋だって毎日力仕事をしているだけあって、そこそこ引き締まった身体つきだ。バスローブの下は何も身に着けていない。裸を堂々と晒した静秋から、久野は今度こそ目を逸らさなかった。

「着替えのときもちらっと見てたけど、シズくんって綺麗《きれい》な肌してるよな」

「まだ若いですから」

久野と違って、とは言わなかった。が、伝わったようだ。苦笑いで久野は中途半端に肩に引っ掛けていたバスローブをベッド脇に放り投げた。

そのとき、久野の左の脇腹に大きな傷痕があるのが見えた。五センチほどのそれはまだ赤く、ぷっくりと盛り上がっていて、周囲には縫い合わせたときについたらしい針の痕もあった。

静秋がじっとそこを見つめていると、久野が気づいて「気になる？」と訊《たず》ねてきた。静秋が頷く前に、久野が話し出す。

「初めて会ったときに言っただろ。死にかけたことがあるって。これが、そのときの傷」

どう答えればいいのか、わからなかった。見るからに、事故でついた傷ではなかった。言うなれば、刺傷だ。死にかけたというくらいだから、内臓まで達していたかもしれない。

何があったんですか。

その一言は、静秋の口からは零《こぼ》せなかった。

他人の領域に踏み込んでいくのが、億劫《おっくう》だった。訊けば久野の深淵《しんえん》を覗いてしまいそうで、久野との距離が縮まってしまいそうで、訊けない。

「痛くないんですか？」

代わりに、当たり障りのない質問をする。

「もう治ってるから、痛くはないかな。まあ、ぎゅっと押したりしたときとか、雨の日はたまに疼《うず》くけど」

「へえ」

無意識に手を伸ばしかけて、やめた。

「じゃあ、今日は痛むんじゃないですか。雨だし」

「シズくんが蹴ったりしなきゃ大丈夫」

「ああ、じゃあ、下手くそだったらここを蹴ればいいのか」

「しないくせに」

くすっと笑って、久野が静秋に手を伸ばす。

「キスは？　してもいい？」

頬に手を添えて、久野は訊いた。整った顔立ちが、今までにないくらい間近に迫る。睫毛《まつげ》の濃さが駱駝《らくだ》みたいだとふと思った。

「いちいち訊くなんて、律儀ですね」

「嫌いな人もいるからな」

「別に、こだわりはないです」

「じゃあするね」

そう言って、久野が唇を塞いだ。しっとりとしたキスだった。軽すぎず、かといって深すぎない、丁寧なキスだ。

それから、久野はまるでセックスのお手本のように順番に静秋に触れていった。唇だけではなく、

頬や首筋、鎖骨、胸。至るところにキスをして、熱くなった静秋の肌をさすった。もどかしいくらいにゆっくりで、いつもよりも肌が粟立《あわだ》つ。嫌悪からではなく、快楽からだ。

人間が感じる要因は、触れられた箇所ではなく、触り方だという。ただ闇雲に触れただけでは、快楽は味わえない。その点、久野の触り方は、満点だ。どう触れれば静秋が感じるのか、まるで昔から知っていたように、丁寧に撫でさする。

思わず、声が出そうになる。だが、あれだけ激しく降っていた雨は、もう止んでいた。静かな室内に自分の声だけが響くのが嫌で、静秋は唇を嚙《か》みしめてそれに耐えた。

やがて、久野の手が静秋の性器に触れた。「あ」と堪えきれずに洩れた声に、久野がちらりとこちらを見たのがわかった。

静秋のそれはすでに緩く勃《た》ち上がり、震えている。久野のほうはどうかと窺うと、彼の下着も膨らんでいるのが見て取れた。自分だけが興奮しているのではないことがわかり、ほっとする。久野には負けたくない、と妙な対抗心が胸に灯《とも》った。

「もう、挿《い》れたらどうですか。準備はしてあります。それとも、舐《な》めましょうか？」

いつもなら、こんなに時間はかからない。互いに獣のようにまさぐり合って、静秋の準備が終わっているとわかれば、即座に挿入しようとする男が多かった。乱暴に押し込み、突いて、吐き出したらそれでおしまい。静秋はただの穴で、男はただのディルドだった。ふたりとも多少は温かいというだけの。そんな関係に丁寧さなど求めても意味はない。

「舐めてもらうのはまた今度でいいかな。シズくんがしたくなったらでいいよ」

久野が言って、口を大きく開けた。何をするかと思えば、そのまま静秋の性器を口の中に収めてしまった。

「うっ」

突然の刺激に、静秋は唸《うな》った。腹筋が引き攣れて、ざわりと疼く。

久野の口の中で、快楽に抗《あらが》いきれなくなった静秋が、むくむくと育っていく。フェラチオをされたのはいつぶりだろう。リクエストされてすることはあっても、ここ最近された覚えはなかった。粘膜の感触に、気を抜けば達してしまいそうになる。

「う、あ……」

このままでは、もたない。久野の頭を引き剝がそうとするが、しかし久野は薄く笑ってさらに静秋を責め続ける。手と舌と唇で、巧みに絶頂へと追い込んでいく。

「久野さん」

もうイく。あと少しでも擦《こす》られたら、射精してしまう。

だが、そのとき、ぴたりと久野の手が止まった。どうして、と久野を見遣れば、彼はギラギラとした目をして自分の下着に指をかけていた。中から、ぶるんと勢いよく巨塊が飛び出してきて、静秋はわずかに目を瞠《みは》った。久野の身体に相応《ふさわ》しい立派な長さと太さの代物だった。

「ごめんごめん。冷静になったら、シズくん、恥ずかしくなって俺のこと蹴りそうだからさ」

久野が言った。少し前は静秋はそんなことしないと言っていたくせに、手のひらを返したその態度にむっとする。

でも、言われてみればそうしそうな気もする。射精したあとのいわゆる賢者モードには、なぜかいつも後悔が付きまとう。だから自分がしたことに後悔して、あるいは恥じて、それを誤魔化すために、蹴るくらいはするかもしれない。

「この体勢のままでいい？」

押し黙った静秋に、久野が訊いた。

「別になんでもいいです」

切羽詰まった顔を見られたくなくて、静秋は頭の下に敷いてあった枕をわざわざ引っぱり出して顔を埋めた。

「苦しくない？」と久野が訊く。「どうせならキスしながらしたいんだけど」

「久野さんってキス好き？」

「まあね。口の中ってあったかいだろ」

ひょいっと枕が奪われ、代わりに久野の唇で塞がれた。

胸の辺りが、ざわざわした。

久野が片手で器用に備え付けのスキンを開け、装着する。少しきつそうだった。それからすぐに挿れるかと思ったのに、久野は静秋にキスをしながら、ローションを足してすでに解されている穴の縁を丹念に指で拡《ひろ》げていった。それこそ、静秋のほうが先に音《ね》を上げるほどに。

「……っ、もういいから。久野さん」

「そう？　でも、まだかな。二本しか挿《はい》ってない」

「二本も挿れば十分でしょう」

「でもなあ」

先ほどから、中を探られ、前立腺をいやらしく擦られていた。もう一方の手は、胸や脇腹を責め、静秋にはほとんど逃げ場がない。キスもそうだ。口の中にこんなにも性感帯が詰まっていることを、久々に思い出させられた。

獰猛《どうもう》で軽薄そうな見た目とは裏腹に、久野のセックスはやさしい。

やさしすぎて、苦しくなる。やさしいセックスを思い出さないように、静秋はあえて酷くしてくれる相手を選んでいたというのに。

嫌なことを思い出してしまった。

じわりと涙腺が緩みそうになり、静秋は吼えるように言った。

「早く」

その瞬間、待ち望んでいた熱が、静秋の中に押し入ってきた。

「ぐ……っ」

どちらともなく呻《うめ》き声が洩れた。久野の言うとおり、入口はまだ狭かったようだ。先端が入りきらないところで、久野の動きが止まった。

「大丈夫？」

五センチもない距離で、久野が訊いた。頬がやけに熱いと思ったら、久野の手が添えられていた。

「すごい汗。やっぱり無理してるよな」

静秋の額に貼りついた髪の毛を払って、じっと瞳を覗き込まれた。その視線に耐えられなくて、静秋は不機嫌に顔を逸らした。

「処女じゃあるまいし、そんなに気を遣わなくても、さっさと奥まで突っ込めばいいじゃないですか。俺はそれでいい」

「それじゃ気持ちよくならないだろ。お互いに」

「俺は、最後に射精できればいいんです」

「今までどんな相手としてきたんだ？」と、静秋の言い分に、久野が苦しそうに顔をしかめて言った。

「あのな、シズくん。それはセックスとは言わない」

そんなことは知っている。知っているが、それでよかった。静秋は久野の言うセックスをしたいわけではないのだ。身体にどうしようもなく溜まった熱を吐き出したい。ただそれだけ。

「なんでもいいって言ったよな」

また黙りこくった静秋に、久野が訊いた。

「だったら、俺のやり方で抱くから」

そのあとは、静秋にとって途方もなく長い時間が続いた。

焦れったいほどの愛撫《あいぶ》に、やさしすぎる手つきと手管。結合部はとろとろになるまで解され、まるで女のように静秋は喘《あえ》いだ。

「シズくん」

合間を縫って、久野が呼ぶ。名前を紡がれるたび、静秋の胸はぎゅうっと苦しくなった。

そうして久野の性器がようやく最後まで収まった頃には、どこに触れられても達してしまいそうなくらい、静秋は溶かされていた。

久野とのセックスは、夢うつつでもあり、生々しくもあった。とにかく巧いのだ、久野は。だから溶かされ、偽ることもできないまま、静秋は喘がされた。自分が自分じゃないみたいな、けれど久野の熱が、匂いが、これは現実だと静秋に刻み込む。

久野が呻くと、ぶるぶると彼の脚が痙攣《けいれん》した。中で硬さを失っていくそれを居座らせたまま、久野は最後に触れるだけのキスをした。

「どう？　俺は合格？」

久野が静かに訊いた。

その質問に、静秋は素直に答えられなかった。何度出したかわからない静秋の残滓《ざんし》が、口で言わずとも答えを出している。

ぐったりと四肢を投げ出した静秋の身体を、久野が抱き寄せた。

そういえば、セックスのあとに抱きしめられたのも、久々だ。

また嫌なことを思い出し、静秋は目を瞑って、頭の中の遺品整理マニュアルのページをそっと捲った。


一度久野と寝てしまえば、二度も三度も変わらなかった。

さすがに翌日の仕事で顔を合わせたときは、互いに「あー」と間抜けな探り合いの声を出したが、それだけだった。そのあとはいつもどおり仕事をこなし、いつもどおり久野は静秋をからかった。

だから、休みが被った前日、仕事終わりにホテルに行くようになったのは、ふたりにとってごく自然なことだった。

もともと、久野は静秋の身体のメンテナンスをしたがっていたし、静秋も久野の手練手管に完全に落とされていた。一度きりで断ろうと思っていたはずだったのに、気づけば久野の誘いに乗って、ふらふらと後ろをついていく羽目になってしまった。

馬鹿だな、と自分でも思う。けれど、止められない。

静秋の身体は、久野の味を覚えてしまった。


夏になり、連日蒸すような暑さが続いた頃、久々に特殊清掃のヘルプに入ることになった。

特殊清掃とは、その名のとおり、専門的な知識がいる現場の清掃だ。遺体の発見が遅れ、体液や異臭が染みついた部屋を原状回復するのが主な仕事で、プルーフでは先輩バディの橋本《はしもと》と丸岡《まるおか》が担当している。

広い二階建ての一軒家で、亡くなったのは七十代の男性だった。孤独死だったらしく、遺体は死後一週間が経った頃に近所からの異臭がするという通報で発見された。身寄りはなく、行政からの依頼だった。

「これまたすごい現場だね」

橋本が嬉しそうに合掌し、黒ずんで腐敗した畳を撫でた。体液だけでなく、家の中はゴミだらけで、残っていた食べ物にゴキブリが群がっている。

「先にこいつら始末しなきゃだな」

丸岡が言って、殺虫剤の入った噴霧器を掲げた。

「わあ、フローリングの隙間にみっちり蛆虫《うじむし》詰まってんね」

「橋本、遊んでないでマスキングして」

「あいよー」

丸岡に怒られ、橋本が傷まないよう養生テープで家財を保護していく。

基本的に、害虫や匂いが外に漏れないよう、室内を密閉して作業が進められる。ただでさえ匂いがきつい中、じっとりとした暑さの部屋で、みんな（ずっとひとりで喋り続けている橋本を除く）が黙々と手を動かしていく。

こういう現場が初めてだった久野は、マスク越しでも耐えられなくなったようで、しばらくして口元を押さえて外に出て行った。

「あれが普通の反応だよね」と丸岡が懐かしいものを見るように言った。「そりゃ吐きそうになるよね。僕は実際吐いた」

「匂いのせいで？」と静秋が訊くと、ううん、と丸岡は首を振った。

「それもあるけど、なんて言うのかなあ。……〝人間の死そのもの〟に対する生々しさのせいで……、かなあ」

真っ黒な液体。そこに人ひとりがいた痕跡。かつて意思を持って動いていた、同じ人間という生き物の末路。

静秋も、初めて現場を見たときは、気分が悪くなった。だが、すぐに慣れた。

「君はあまり驚かなかったよね」

当時を思い出したのか、丸岡が言った。

「不愉快そうな顔はしたけど、淡々と仕事をこなしてた」

「仕事ですから」

静秋が答えると、丸岡はふっと笑った。

「そうそう。あのときもそんな感じだったから、僕は、」

そこまで言って、丸岡は口を閉じた。そのあとのことまで、どうやら思い出したらしかった。

怖くはないの、と丸岡に訊かれた覚えがある。それに静秋は、「何が？」と首を傾げた。そのときの丸岡の顔は、理解できないものを見たときのそれだった。

「ねえねえ、見て見て！　なんかゼリーみたいな塊あった！」

ふいに、橋本が嬉しそうに手に何かを乗せて近づいてきた。それをしっしと往《い》なし、丸岡がため息をつく。

あんなふうにはしゃぐ橋本のほうが、自分よりも余程おかしな存在だと思うのだが、長年橋本とバディを組んできた丸岡が、静秋を変人扱いするのは未だに解せない。

丸岡に、「様子見てきてあげて」と促され、静秋は久野を追いかけて玄関を出た。新鮮な空気に、自然と肺が大きく動いた。

具合が悪くなって吐いているかと思えば、久野は一軒家から少し離れた道路脇で、痛ましそうに俯《うつむ》いて現場のほうへ向かって合掌していた。

初めて見る顔に、戸惑う。声をかけるか迷って、しかしそれではなんのために追いかけてきたのかわからない。静秋は沈鬱な面持ちの久野に向かって口を開いた。

「大丈夫ですか」

「ごめん、ちょっと、想像してたよりもグロくて」

顔色が悪い。今日はもうやめておいたほうがいい、と静秋が言おうとしたところで、久野が遮って続けた。

「孤独死って、ああいうことなんだよな」

誰にも看取《みと》られることなく、ひとりで死んでいく。

それは静秋にとって、ごく当たり前のことだった。どうして久野が悲しい顔をするのか、わからなかった。

「死なんてみんなそういうものなんじゃないですか。特に、俺たちみたいなゲイは」

家族のいない自分が誰かに惜しまれながら死ぬなんて想像できないし、死んだらみんな灰になって終わりだ。それだけのこと。

そう思ったからこそ、静秋はこの現場に慣れることができた。饐《す》えた甘い匂いには未だに不快感を催すことはあっても、感傷的になることはない。

だが久野はそれを否定するように、あるいはその事実を認めたくないように、ゆっくりと首を左右に振った。

「俺は、正直怖くなった。……俺は、やっぱり死ぬときは誰かが傍にいてほしいな」

青い顔のまま久野は言い、そして不思議そうというよりは、異常なものを見るような目で、静秋に訊く。

「シズくんは怖くないのか」

その目は、あの日の丸岡に、自分の両親に、それから――あの人に、重なった。

過ぎ去った日々。置いてきた過去。それらが一瞬、静秋の中で小さく弾けそうになる。静秋は喉にせり上がった澱《おり》を、思考を止めることでなかったことにした。

その術《すべ》を覚えて、もう六年近くになる。

「俺は、」と静秋は淡々とした声で答えた。

昔なら、怖かったと思う。でも今は違う。

「自分の未来に期待なんてしてませんから」

期待するから、怖いのだ。最初から期待なんてしなければ、傷つくこともない。深く深く沈めてしまえば、恐怖など感じない。

「君は、」

久野がはっとしたように合掌を解いて静秋に手を伸ばした。静秋はそれが触れる前に、反射的に身を引いた。久野が少し傷ついたような顔をした気がした。

「シズくんは、どうしてそんなに悲しい考え方ばっかりするんだ？」

哀れみを含んだ声に、苛立《いらだ》ちが湧く。沈めたはずの感情が、また水面に顔を出す。

これだから、久野は苦手だ。

もう何度も肌を合わせているのに、ちっとも好きになれない。

「事実を言ったまでです」

「そうは思わない。俺たちだって幸せに生きていける」

疑いのない目で、久野が言った。

子どもみたいだ、と静秋は思った。普段はあんなに大人ぶっているのに、言っていることは理想を掲げた無垢《むく》な子どものようだった。

そしてその理由に思い至って、静秋ははっと鼻で笑った。

「裏切られたこともないくせに」

ぼそりと呟いたその言葉に、久野の表情が固まった。

随分間を空けてから、「シズくんは」と久野が言った。

「あるの？　裏切られたこと」

余計なことを喋りすぎた。特殊清掃の現場よりも不快なものを思い出して、静秋は小さく舌打ちをした。

久野の質問には答えずに、「戻ります」と静秋が言うと、「俺も戻る」と久野が脱いでいた帽子を被り直した。

「無理しないでいいです」

気を遣って、というよりは、静秋が久野に戻ってきてほしくなくてそう言った。しかし、願いも虚しく、久野は首を緩く左右に振った。

「いや、シズくんばかりに負担はかけられないからな」

そしてまた、いつもの顔でへらっと笑う。この調子なら体調も大丈夫だろうと、静秋はもう止めなかった。

＊＊＊

「その本、面白いよね」

ふいに聞こえてきた声が、自分に向けられたものだと静秋はすぐには気づかなかった。

「『仮面《かめん》の告白《こくはく》』」

自分が読んでいる本のタイトルだと気づき、静秋ははっとして振り返った。そこには薄く微笑《ほほえ》みを浮かべた長身の男が立っていて、興味深そうに静秋をじっと見下ろしていた。三十歳くらいだろうか。とてもじゃないが、自分と同じ大学生には見えなかった。

ここは大学の図書館だ。学生証がないと入れない仕組みになっているから、可能性があるとしたら職員だろう。

「三島由紀夫《みしまゆきお》、好きなの？」

男が訊いた。潜めるでもない声に、静秋は慌てて周りを見回す。奥まった薄暗い場所のせいか、幸いなことに目に見える範囲には誰もいなかった。ほっと胸を撫で下ろす。

大学に入って数ヶ月。同級生ならまだしも、こんなふうに知らない人に話しかけられるのは、初めてのことだった。

「別に、特別好きというわけじゃないです」

警戒の色を見せつつも、静秋は答えた。

「じゃあどうしてこれを読もうと思った？」

「それは、」

理由は明確だったが、静秋が答えあぐねていると、男はさらに近づいてきて、静秋の隣に腰を下ろした。

「三島由紀夫なら『禁色《きんじき》』とかもお薦めなんだけど、この意味、わかる？」

意味深に男が囁いた。静秋は何もかもを見透かされたような気がして、息を呑んだ。

ふたつの小説の共通点は、それが男色小説だということだ。男はそれをわかっていて、あえて訊いたのだろう。すぐに、「さあ」と知らないふりをすればよかった。だが、もう遅い。皮膚の表面が緊張に粟立ち、静秋はさっと視線を足元に落とした。

「ああ、そんなに怯《おび》えないでよ」と男が言った。「僕も好きなんだ。つまり、ご同類だ」

「え？」

落としていた視線を上げると、男が握手を求めてきた。

「神崎《かんざき》だ。この大学の文学部の講師をしている」

「はあ」

有無を言わさぬ圧があった。静秋は男——神崎の手を取らざるを得なかった。

「君は？」と静秋の手を握ったまま神崎が訊いた。

「俺は、文学部国文学科一年の杉嶋です」

「ああ、やっぱり」

「やっぱり？」

「文学部だなって。古典の牛田《うしだ》教授の授業で見かけたことがある。僕は助手をしていた」

「ああ」

静秋は神崎に見覚えはなかったが、向こうは覚えていた、らしい。そのことに少しだけそわっとして、静秋は唇の内側を噛んだ。

「でも君は僕の講義は取ってないんだね」

残念そうに、神崎が言った。

「あの、神崎先生はどんな講義を？」

シラバスの中の教員名を頭に浮かべてみたものの、神崎という名前は思い出せそうになかった。申し訳なさに、静秋は首の後ろに手を遣った。

「なんて、僕は史学科だから取らないのも無理はないよ」と、神崎が肩をすくめて言った。「でも、後期は取ってほしいかな。一年生向けの般教もやってるから」

「はあ」

一体どういうつもりで声をかけてきたのだろう。今さらながら、謎だ。『仮面の告白』や『禁色』を薦めてくる辺り、やはりご同類というのはそういう意味だとは思う。だが、だからといって静秋に話しかける意図が摑めなかった。

神崎をじっと観察する。顔は正直に言ってそれほど整ってはいないが、後ろへ撫でつけた髪から、大人の色気が漂っていた。体型は男らしくがっしりとしていて、バランスのいい骨格だ。服装も清潔感がある品のいい水色のワイシャツに、脚を長く見せるような、ストライプのスラックス。腕にはブライトリングの時計。静秋でも知っているブランドだ。確か数十万はしたはずだ。

「このあと、講義は？」

神崎が訊いた。それに、静秋は正直に首を横に振った。

「五コマ目まで、空いてます」

「そう。僕も今ちょうど休憩中でね。よかったらカフェに行ってコーヒーでもどう？」

するりと神崎の手が伸びてきて、静秋の手の甲にそっと重なった。そこまでされれば、いくら鈍い静秋でもわかった。ナンパされているのだ。しかしまさか職場で学生を引っ掛けようとするなんて。いくらなんでも大胆すぎやしないか、と驚いて目を瞬く。

「ダメかな」

静秋が答えずにいると、神崎が眉尻を下げてしゅんとした顔をした。捨てられた犬みたいだった。

「どうして俺なんです？」

そう訊いた静秋に、神崎は少し上目遣いで答えた。

「好みだったから。初めて見たときに、いいなって思って。次見かけたら声をかけようと思ってたら、まさかその子が『仮面の告白』を読んでるなんてね。運命かと思った」

「運命って」

大げさな、と鼻で笑おうとして、静秋は笑えなかった。不覚にも、「運命」という言葉に、胸を射られてしまったのだ。どんな顔をしていいかわからなくなって、俯く。

「さ、行こうか」

そんな静秋の手を、神崎が引いた。

スマートでかっこいい大人の男だと思った。

このときの静秋は、まだ世間を知らない子どもだったのだ。

＊＊＊

久野に対してのぼんやりとした苦手意識が、はっきりと嫌悪に傾いたのは、秋も深まり、ようやく暑さの和らいだ時期だった。

その頃にはもう家からも職場からも離れたホテルに行くのが面倒になり、休みの前日には職場から歩いてすぐの久野の家に転がり込んでセックスをする仲になっていた。

久野とのセックスは、都合がよかった。抱かれる前も、抱かれているときも、抱かれたあとも、久野からはべたついた執着心が感じられないからだ。距離感がちょうどいいとでもいえばいいのか、静秋が嫌がる領域を、無理に荒そうとはしてこない。普段は無神経な軽口を叩いてくるくせに、夜は別人かと思うほど落ち着いている。

とはいえ、このままでは久野とのセックスばかりに依存しそうで、合間に別の男と寝たこともある。だが、久野の味を知ってしまった静秋にとって、違う男とのセックスはただ苦痛なものでしかなくなっていた。

身体の相性がいいのかもしれない。久野がどうかは知らないが、少なくとも静秋は久野によって享受できる最大の快楽を得ていると思う。

はじめは、やさしく抱かれるたびに気持ちよさに比例して虚しくもなっていたが、今となっては嫌なことも思い出さなくなった。

久野のセックスは過去の誰とも違う。違いを認識すれば、思い出すものもない。

しかし仕事のほうはといえば、相変わらず小さな衝突を繰り返していた。

静秋が廃棄しようとしたものを、久野が漁って形見分けに分別する。そういうことが、何度もあった。そのたび「勝手なことをしないでください」と静秋は怒り、「でも」と久野が嚙みついた。結局最後は久野が折れて、静秋に言われたとおりに廃棄の段ボールに振り分ける。

頑固だな、と思う。久野も、自分も。

もうどちらかが折れて、最初からただ相手の言うことに頷いて合わせればいいのに。それをしないのは、静秋にも先輩としてのプライドがあるからなのかもしれない。

だから、同じように久野にもこだわりがあるのだろうと思っていた。最終的に静秋の判断に任せるのなら、無意味な衝突でしかないのに、と、そう思っていた。

だが、違ったのだ。久野は折れてなどいなかった。折れる気などさらさらなかった。

それが判明したのは、一通の手紙からだった。

ある日、静秋たちのゲイ向け部門宛に、一通の封筒が送られてきた。

そのときたまたま手紙の仕分け作業を任されていた静秋は、訝しげに眉をひそめた。遺族から感謝の手紙が届くことはままあることだったが、その手紙の送り主に見覚えがなかったのだ。

中身を見てみると、一枚の写真が入っていた。仲の良さそうな男ふたりが肩を組んで映っているものだった。

「これ」

その写真には、見覚えがあった。二ヶ月前、遺品整理を任された女装家の部屋にあった写真だった。

裏を見ると、付箋が貼ってあった。

『ご丁寧にありがとうございます。ですが、これは受け取れません。捨てるわけにもいかないので、そちらで処分をお願いします』

付箋には、生真面目な字で、そう書かれていた。

どういうことだ。

静秋は悩んだ末、同じ空間でカタカタとキーボードを叩く渡辺に視線を向けた。

「あの、渡辺さん」

彼女は返事もせずキーボードを叩き続け、十秒ほど経ったのち、ようやく手を止め、静秋のほうを見た。

「何かありましたか？」

「これ、どう思います？」

静秋は聞く体勢になった渡辺に写真を見せた。付箋に書かれた文字を読み、渡辺が首を傾げる。

「どう、と言うと？」

「生前契約してた依頼人の部屋にあった写真です。右が依頼人、送り主はおそらく左の人。形見分けリストには載っていなかった人です」

「杉嶋さんはこの写真をこの男性に送った覚えがない、と」

「はい、送っていません。廃棄に入れた覚えはあります」

「じゃあ答えは簡単ですね。社長は社員に任せた仕事を勝手に混ぜっ返すようなことはしない」

「やっぱり久野さんですか」

最初から犯人はわかっていたが、静秋の主観的な推論だけで判断するよりほかの人の客観性という確証が欲しかった。

「新人の頃はよくやることです」と渡辺が言った。「思い知るまでやめませんよ、そういうのは」

「思い知る？」

静秋が訊き返すと、渡辺は苦笑した。

「ああ、杉嶋さんはそういうタイプではなかったですね」

「どういう意味ですか」

「おせっかいな人」

「ああ」

静秋は理解して、手元の写真に目を落とした。

結局久野は静秋の意見には賛同できなかったということだ。自分はこう思うから、と静秋に隠れて写真の男に形見分けをした。依頼人との関係性もわからないままだったというのに。その結果、写真は突き返された。

依頼人にも、写真の男にも、そして久野にも、いいことは何もなかった。ただただ、無意味な行為だった。思い知るというのはそういう意味だろう。

「何にせよ、現場リーダーの俺に無断でこういうことをされるのは問題ですね」

下手をすれば信用問題に係《かか》わることだ。勝手に個人情報である住所を特定して写真を送付したのだから。

静秋は渡辺の手前、舌打ちをしたい衝動を堪えて椅子に座り直した。

「久野さんに注意するつもりですか？」と渡辺が訊く。「社長は好きにやらせろ、とか言いそうですけど」

「勝手な行動は困るんです。特にこの依頼は、形見分けについては記載されていないどころか、貴重品以外はすべて捨ててくれという依頼だったんです。依頼人の遺志に反することです」

不機嫌に言い捨てる静秋に、渡辺が意外そうな目を向けた。

「杉嶋さんって、案外考えてるんですね、依頼人のこと」

「え？」

「いえ、滅多にないじゃないですか、杉嶋さんが怒ることって」

「いや、これは、」

言いかけて、静秋は口を閉じた。否定したらまた思いやりがないと言われそうだった。

本当は、久野の身勝手さが許せないだけだというのは、静秋自身にもわかっていた。依頼人どうこうというのは単なる言い訳だ。自分の思いどおりにならない久野に、静秋は怒っていた。「はいはい」と頷きながら、陰ではこんなふうに静秋を裏切っていたのだ、久野は。

「会社の信用に、傷がつくじゃないですか」

静秋の言い分をどう受け取ったのか、渡辺は肩をすくめて再びキーボードを叩きはじめた。

しばらくして、現場から戻ってきた本山に報告すると、渡辺が予想したように、「好きにさせろ」と彼は言った。

そしてついでに、この写真だけではなく久野がほかの現場でも同様のことをしていたことが本山の口から告げられた。静秋は信じられない気持ちで本山を凝視した。だが本山はなんでもないことのようにひらひらと手を振るばかりだった。

「輝之がそのほうが依頼人にとっていいと思ってやったことなら、俺は責められない」

「ですが、依頼の内容は、」

「なあ、静秋」

静秋の言葉を遮って、本山が首を傾げた。

「その怒りは、誰のためだ？」

「それは、会社の」

「会社の心配はお前がしなくていい。責任者は俺だ。輝之が何かやらかしたときは、俺が責任を取る。

当然のことだ」

「でも依頼人は」

「あのな、静秋、依頼人っつったって、今回の依頼人はもう亡くなってる人なんだよ」

「そりゃそうですが、この依頼はその人のためにやっていることでしょう？」

「間違ってはない。間違ってはいないが、正解でもない」

わかるよな、と本山が静秋に答えさせるため口を閉じた。じっと見つめられ、静秋は視線を伏せた。

そしてそのまま正解を探すように、視線はうろうろと床を彷徨《さまよ》う。

「遺族のため、ですか」

絞り出した答えに、本山が頷くのを見て、ほっとする。

「遺された人のため、だ。依頼人が故人本人でも遺された人でも、どちらのためにも俺はやってる。まあ、正直どちらかというと後者の割合が高いがな。生きてる人間のために、俺はやってる」

自分の性癖を満たすために私的乱用もしているくせに、という言葉は呑み込んだ。それはあくまで副産物で、本山の本筋は別にある。

「人が死んだら、心の整理をする期間が必要なんだよ。その期間があってこそ、立ち直れるんだ」

「久野さんが写真を無断で渡したこととそのことに関係があるとは思えません。相手は遺族でもありません」

静秋が口を挟むと、本山は苦笑した。

「遺族じゃなくても大切な人が死んだら悲しいだろ。思い出に浸る時間は、立ち直るのに必要なものだ。輝之はその人の心の整理も手伝いたかったんだよ。少なくとも、輝之はその人が依頼人にとって他人じゃないと思った。だから渡した」

「故人は渡してほしくないと思ってたかもしれないのに？」

久野にも同じことを言った。片思いを知られたくなかった。だから形見分けリストに男の名前を書かなかった。

「見えるものがすべてじゃない。何が故人や生きてる人間にとっていいのか、ときにはこっちが判断してやることもある」

「おせっかいですね」

「おお、おせっかいがこの仕事の醍醐味《だいごみ》だ」

それならば、やはり自分には向いていない。

じわっと胃の底に熱を感じ、静秋は唇を噛んだ。久々に感じる熱だった。

「社長は、やってるんですか、おせっかい」

「……まあ、たまにな。でもあいつみたいに手当たり次第じゃねぇぞ」

「そう、ですか」

本山もやっているのか。

久野のせいで不安がぶり返す。自分にはできないことを簡単にやってしまう久野が、心底鬱陶しいと思う。自分より経歴が浅い久野にできて、自分にはできないことがあると思うだけで、沸々と怒りが湧いてくる。

　本山がおせっかいを推奨するなら、自分には無理だ。

「だが、お前のやり方も間違っちゃいない。だからそんな顔するな」

慰めるように、本山が明るい声でぽんっと静秋の腕を叩いた。叩かれた腕が、火傷《やけど》でもしたかのように、いつまでもじんじんと熱かった。

＊＊＊

昼食の時間になると、静秋は食堂に行く友人と別れてキャンパス内のカフェに行くようになった。それが神崎の研究室になり、静秋のアパートになり、神崎と深い関係になるのに、そう時間はかからなかった。

静秋にとって、神崎は初めての男だった。

抱かれたことはもちろん、好きな人と手を繋《つな》ぐのも、キスをするのも、「愛してる」と囁かれるのも、何もかもが初めてだった。

静秋から見れば、神崎は文句のつけようがないくらい、よくできた恋人だった。連絡をすればどんなに忙しくとも合間を縫って返してくれたし、「会いたい」と冗談めかして電話越しに呟けば、それがたとえ夜中だろうと飛んできてくれた。

だから、愛されていると信じていた。この先も死ぬまでずっと神崎と一緒だと、静秋はなんの疑いもなく信じ切っていた。

それが幻だと思い知らされたのは、神崎と関係を持ってから五ヶ月ほどが過ぎた、十二月の中旬だった。

世間はいわゆるクリスマスムードで、街の至るところから浮かれたクリスマスソングが流れてきていた。

「クリスマスはどうする？」

神崎のことだから、ロマンチックなデートを考えてくれているのだろう。静秋は当然のように、一緒に過ごせるものだと思ってそう訊いた。

しかし、神崎から返ってきたのは、思いがけず申し訳なさそうな声だった。

「残念だけど、クリスマスイブは仕事があるんだ」

静秋は「え？」と訊き返した。確かに大学はまだ休みにはならない。しかも今年のクリスマスイブは平日だ。でもだからって、夜遅くまで仕事があるなんて、そんなはずはないだろう。いつもだって、どんなに遅くても八時には帰っているのに、イブに限って。

「そんなに仕事終わるの遅いの？　俺、待ってるよ。一緒にご飯食べようよ」

軽い調子で提案した静秋だが、やはり神崎は頷かなかった。

「イブは一緒にいられないけど、クリスマス当日の夜なら大丈夫」

にこりと微笑んで、神崎はじっと静秋の目を見つめた。両肩に手を置かれ、そこにぐっと圧がかかった。わがままを言うな。そう諫《いさ》められているようだった。

「本当？　じゃあ、約束」

残念だが、仕方がない。いつも些細《ささい》なわがままを聞いてもらっているのだ。特別な日にデートの約束が取り付けられなかったからといって、不機嫌になるのはよろしくない。神崎を困らせたいわけではなかった。子どもだとも思われたくはない。聞き分けのいい恋人のふりをして、静秋は笑顔を向けた。

「ごめんね、静秋」

「ううん、大丈夫」

慰めるように、神崎の唇が重なった。


クリスマスイブ当日。予定のない静秋は、講義を受けたあと、同じ学科の友人たちに誘われて滅多に行かない銀座《ぎんざ》を歩いていた。

「男だけで集まって虚しいイブだ」と、恋人のいない友人は嘆いていたが、神崎という年上の恋人がいる静秋は、「だよな」と同意しながらも、内心は勝ち誇ったような気持ちでいた。明日には神崎とのデートが待っている。

イルミネーションに彩られた街を進み、大きなクリスマスツリーの下で写真を撮ろうということになり、カップルに混じって静秋たちもスマホのカメラを構えた。

そのとき、友人のひとりが、「あっ」と何かを見つけたのか、声をあげた。

「神崎先生」

「えっ」

友人が見ている方向を静秋も見た。するとそこには、仕事で会えないと言っていた神崎が私服姿で立っていた。顔には満面の笑みを貼りつけていた。そしてそのあとすぐ、見知らぬ女が神崎の腕にするりと手を絡ませているのも見えた。

どういうことだ？　目撃した光景への理解が追いつかず、静秋はぽかんと口を開けて固まった。頭が真っ白になるというのはこういうことか、などと、別のことが頭を過《よぎ》る。

仕事は？　その女の人は誰？　どうして腕を組んで笑ってるんだ？　それじゃまるで――、

「彼女とデートかな。やるな、神崎」

ひゅう、と友人が茶化すように口笛を吹いた。

彼女、という単語に、ぐさりと心臓をやられた。途端、吐きそうなほどの衝撃が胃に押し寄せてきた。

彼女って、なんだ？　どういうことだ。神崎の恋人は自分じゃないのか。そもそも神崎はゲイのはずで、女と付き合えるわけがなかった。きっと何かの間違いだろう。たとえば、仕事の接待で、仕方なくエスコートしているだけかもしれない。そうに違いない。それ以外に説明できない。

「よし、ちょっとからかいに行こうぜ！　彼女さん、美人っぽいし」

友人のひとりが言った。

「ちょ、おい、やめろよ」

止めようとした静秋を無視して、「いいな、それ」とほかの友人たちも便乗して神崎のほうへ歩いていく。

静秋だけが、動けなかった。騒がしい街の真ん中で、ぽつんとひとり、佇む。

「神崎先生！」

名前を呼ばれ、神崎が振り返った。静秋の友人を見つけた神崎は、一瞬ぎょっとしたように目を見開いた。そして何かを警戒するように、周囲を見渡した。

静秋と、目が合う。その目が、泳いだ。

ああ、と静秋は自分の中で何かが崩れていくのを感じた。だが、それを必死に拾い集めて、近づいていく。まだ。まだだ。何か誤解があるかもしれない。本人の口から聞くまでは、神崎のことを疑ってはいけない。

「こんばんは、先生。すみません、お邪魔して」

笑おうとしたが、うまく笑えてはいなかったはずだ。

「杉嶋くん、これは、」

杉嶋くん。対外的な呼び方に、仕方ないとは思いつつも、胸を切り裂かれた。しかし、さらに静秋を切り裂いたのは、目の前の女の一言だった。

「あら、学生さんかしら。夫がいつもお世話になってます」

えっ、と驚きの声をあげたのは、静秋ではなかった。静秋は声すらあげられなかった。

「神崎先生、既婚者だったの!?」

「マジかよ！」

友人たちは世紀の大発見でもしたかのようなはしゃぎっぷりだった。混乱に瞬きを繰り返す静秋は、下を向いて首をひねった。「ええ……？」と呟いてから、もう一度神崎のほうを見る。先ほどは気づかなかったが、神崎の左の薬指には、銀色の指輪が嵌まっていた。もちろん、女の薬指にも。

「マナ、もう行こう」

急かすように神崎が言った。しかし女は立ち止まったまま動こうとはしなかった。

「いいじゃない。せっかく話しかけてくれたんだから、ちょっとくらいお話ししても。ねえ？　大学では既婚者ってこと隠してるの？　この人」

女が疑うような視線を神崎に向け、静秋たちに訊いた。

「別に、聞かれないし」と静秋たちが答える前に神崎が言った。

「まあ、俺らも神崎先生の私生活とかどうでもよかったしな」と友人が答えた。

「杉嶋も知らなかったの？　先生と仲いいじゃん」

ふいに、もうひとりの友人が静秋に話題を振った。一瞬、何を訊かれているのかわからなくて、

「へ？」と間抜けな声が出た。

「だから、神崎先生が結婚してたってこと。お前、知らなかったの？」

「ああ、うん。俺も、知らなかった」

ちらりと神崎の顔を窺うと、神崎はきゅっと唇を引き締めて、曖昧な表情で静秋の肩の辺りを見つめていた。視線を合わせる気もないらしかった。

「女の子たちに言い寄られたりとかしてない？」

女が訊いた。

「ええ〜、どうかな」と友人が答えた。「でも基本的に大学では女子といるとこ見たことないかも。よく食堂横のカフェにいるけど、そのときはだいたいこいつと一緒だし。な？」

肘で小突かれ、静秋は頷いた。

「そうなんだ」

ほっとしたように、女は微笑んだ。

確かに、美人な部類だと思う。背も低く、華奢《きゃしゃ》で、色白。目はぱっちりとした二重で、自前なのか流行《はや》りのエクステなのか知らないが、異常な長さの睫毛がそれを縁取っている。

自分とは、全然違う。男で、骨太で、色もそれほど白くもなく、奥二重で吊《つ》り目の静秋とは、全然。

ふいに、女が腹を撫でた。よく見れば、少し膨らんでいる気がした。静秋と同じく、友人もそれに気づいたようだ。

「あれ？　奥さんお腹《なか》大きくないですか？」

デリカシーのない訊き方で、友人が言った。

やめてくれ、と静秋は俯いてこぶしを握りしめた。女の返事を、聞きたくはなかった。だが、目を逸らしても、答えは残酷に静秋の耳に届いた。防ぎようがなかった。

「そうなの。今、六ヶ月で」

もうすぐパパになるのよ、この人。

神崎は、先ほどから押し黙ったままだ。もう一度、ちらりと彼を見遣ると、気まずそうに苦笑していた。それが見えたのと同時に、愛《いと》おしそうに腹を撫でる女も視界の端に映った。

おえっ、と反射的に吐きそうになって、静秋は両手で口元を押さえた。涙まで出そうになり、慌てて目を閉じる。

「おい、どうしたんだよ杉嶋」

突然前屈みになった静秋を心配して、友人たちが背中をさすった。何も答えられなかった。

空気を読まず、シャンシャンと軽快なベルの音がどこかから聞こえてきた。

「大丈夫？」と女が訊いた。

それで、もう駄目だった。

「うるさい」と静秋は低い声で威嚇《いかく》するように言って、顔を上げた。

「え？」と女が驚いて訊き返した。

ぼやけた視界の先で、神崎が女の手を引いて逃げようとしていた。

「杉嶋くんは具合が悪そうだから、早く連れて帰ってあげてくれ」

「ああ、はい。おい、杉嶋、大丈夫かよ」

肩に回された友人の手を振り払い、静秋は立ち去ろうとする神崎の背中に、言った。

「既婚者だったなんて聞いてない。友也《ともや》さん、どういうこと？」

その場の空気が、固まったのがわかった。

もう何もかもがどうでもよかった。友人にゲイだとばれようが、それによってどんな未来が待っていようが、どうでもよかった。

ただ、自分を裏切った男を、許せなかった。

「愛してるって言ってくれたのは、嘘だったの？」

はっ、と笑いが洩れた。じわじわと足元から、真っ黒に染まっていく気がした。

神崎を愛していた。一生添い遂げるつもりで、男同士でもこんなに幸せになれるのだと、だからきっと未来も明るいのだろうと、信じていた。神崎を中心に、静秋の世界は回っていた。

それなのに。

静秋の身体の中に詰め込まれていた神崎への愛情が、オセロの石をひっくり返すように、一瞬で憎悪へと反転していく。愛情が大きければ大きいほど、憎しみも大きくなるのは、当然のことだ。

神崎が傷つけばいい。家庭なんて壊れてしまえばいい。自分が感じた絶望を、神崎もこの女も、味わえばいい。

「どういうことなの、あなた」

震える声で、女が訊いた。友人たちは、おろおろと静秋と神崎を交互に眺めていた。

「違うんだ、マナ」と神崎が言った。「杉嶋くんには妄想癖があって」

「妄想癖？」

「そう。少し前、彼に告白されて断ったら、どうしてか彼の中では付き合ってることになってるみたいで、ストーカーされて困ってるんだ」

だから、もう放っておいて行こう。神崎が女の肩を抱いて、無理やり歩かせようとした。焦る神崎の姿は、スマートとは程遠かった。ああ、この男は、こんなにも卑怯《ひきょう》でずるくて、かっこ悪かったのだと、このとき初めて静秋は気づいた。

「最低だな」

呟いて、静秋は持っていったスマホを思いっきり神崎に投げつけた。ゴッと鈍い音がして、神崎がその場にうずくまった。きゃあ、とどこからともなく悲鳴があがった。気づけば静秋は数人に取り押さえられ、十二月の冷たい地面に押しつけられていた。

怯えた目の女と、額から血を流す神崎の姿が目に映る。それから、幾人もの好奇の視線。

「くそ野郎、死ねよ！　死ね！　そこの女も、まとめて！　全員死ねばいい！」

クリスマスソングに混じって、静秋の呪詛《じゅそ》のような声が辺りに響いた。

＊＊＊

「社長の許可が下りたので、久野さんの自由にしてもいいですが、せめて事前に俺にも確認を取ってください」

翌日、始業前にロッカールームで顔を合わせるなり、静秋は久野にそう言って返却された写真を差し出した。久野はいたずらがばれた子どものような顔で、「あっちゃー」と顔を覆った。

「返ってきちゃったか」

社長がいいと言ったものに静秋が文句をつけるわけにもいかず、内心苛ついているのを深呼吸で往なして、いつもの淡々とした声で静秋は言った。

「なんでこんなことをしたんです？　俺、ちゃんと言いましたよね、依頼人の片思いだったかもしれないって」

「俺はそうは思わなかったからな」

久野は写真を受け取って、裏に貼られた付箋を眺めた。

「それにしても、わざわざこんなメモまでつけて送り返してくるって、律儀だな。いらないなら捨てればいいのに」

「真面目な人だったんでしょう」

静秋が言うと、久野はひょいと眉を上げた。

「それだけかな」

意味がわからず、静秋は久野をひと睨みしたあと、言った。

「その写真、お焚《た》き上げするので倉庫に持っていってください」

「はいはい」

廃棄される遺品は、月に一度、寺から住職を呼んで供養してもらってから捨てることになっている。その中でも特に写真などは、会社で処分するのは縁起でもないからという本山の意向で、そのまま寺に引き渡して焚き上げてもらっている。

「可哀想《かわいそう》に」と久野が写真を見つめたまま言った。

いちいち同情していてはこの仕事はやっていけない。それを思い知るには、久野はまだ経験が浅すぎる、らしい。

「倉庫整理、行きますよ」

「ああ」

事務所を出て行く前、静秋は来客用のソファで行儀悪く寝ている本山をちらりと見遣った。

本山はおせっかいだと静秋は思う。大学を中退して就職もせず、ふらふらしていた静秋を拾ってくれたのはほかでもない本山だ。だが、いくらおせっかいといえど、依頼人にあまり踏み込んでいる印象はなかった。

静秋がプルーフに入社する前に、本山は思い知ったのだろうか。だから自分と同じおせっかいの久野が、自分自身で思い知るまで、野放しにしろと言っているのだろうか。

そしてそれはいつまで続くのだろう。それを思い知った経験のない静秋にはわからない。

ただ無性に、静秋は久野が嫌いだと強く思った。


「輝之のこと、聞いてるか」

写真の件を報告した日、帰ろうとしていた静秋を引き留めて、本山が言った。

「久野さんが、なんです？」

「聞いてないのか」

本山にしては歯切れの悪い言い方で、静秋は目を眇《すが》めて訊き返した。

「だから、何を、ですか」

本山は頬をぽりぽり掻くと、ぼそりと、「傷のことだ」と言った。

「脇腹のとこのですか？」

言ってからしまったと思ったが、なぜ腹に傷があるのを静秋が知っているのか本山は特に疑問にも思わなかったらしく、そのまま続けた。

「ああ。その様子じゃ知らないよな」

あの刺傷ができた理由。初めて抱かれたときに、どうして、とは思ったが、久野の事情に深く立ち入る気はなかったので、考えないようにしていた。それを今さら蒸し返されても、反応に困る。

本山がちらちらと静秋に視線を送ってくる。どうやら「何があったんですか」と訊いてほしいようだ。だが、静秋は久野の行動に納得したわけではなかった。つまり、怒っていた。だから、久野のことなど知りたくもなかった。

「お先に失礼します」と事務所のドアに手をかけたところで、「おいおい」と本山からストップがかかった。

「聞けよ！　気になるだろ⁉」

「だって、久野さんのプライバシーに関わることですよね？　本人のいないところでは聞けないですよ」

「それはそうだが。気にならないのか、お前は。バディだろ。それに最近、随分と仲がよさそうじゃないか」

「は？」

にやにやと下卑た笑いを浮かべた本山に、静秋は顔をしかめた。

「休みの前の日、お前らよく一緒に帰ってるだろ」

まさか、ばれていたとは。こんなふうに言われるのが嫌で、事務所を出る時間を少しずらしていたのに、どうしてばれたのだろう。

「帰ってないです」

「嘘つくなよ」

確信めいた顔で言われ、静秋は観念してため息をついた。

「久野さんの過去に何があったんですか？」

認める代わりに、久野の過去を訊く。それでいい、と言わんばかりに大仰に頷いて、本山が話しはじめた。

「腹の傷、あれはな、刺されたんだ。輝之の元彼に。一年ちょっと前のことだ」

「そうなんですか」

一瞬、記憶がフラッシュバックする。

鈍い音、割れたスマホの液晶画面、女の悲鳴、冷たいアスファルトの感触。

もし、あのとき静秋の手に包丁があったのなら、間違いなく刺していた。そう思うのと同時に、静秋の中で失望が広がっていく。

結局、久野はそういう人間なのだ。一途だなんだと言いながら、刺されるほどの恨みを買っているじゃないか。

刺す側と、刺される側。静秋がどちらに感情移入するかなど、明白だった。

「相手はちょっと厄介な男でな。輝之に執着しすぎて、輝之が困るようなことを繰り返し行うやつだったらしい。愛されているか確かめたがって……」

「へえ。でも、その人を安心させられなかった久野さんが悪いんじゃないですか」

静秋は言った。本山はひょいっと肩をすくめて、「言うと思った」と笑った。「逆の立場だもんな、お前は」

静秋が過去に犯した事件を、本山は知っている。知っていて、受け入れた。感謝はしている。でもだからといって、それを鼻で笑われたくはなかった。

「それで？　それを聞かせて、社長は俺にどうしてほしいんですか」

苛立った声で、静秋は訊いた。

「いや？　ただ、知っておいてほしかっただけだ」

「何を」

「輝之がお前に構う理由だよ」

意味がわからなくて、静秋は眉間のしわをさらに深めた。

「久野さんが俺に構う理由？」

「ああ。似てるんだよ、お前は」

誰に、とは言われなかったが、話の流れからして、当然元彼に、だろう。そういえば前に久野にも似たような話をされたことがあった。

――シズくんみたいな人を知ってるからかもしれないな。だから、放っておけない。

ますます、気持ちがさあっと冷めていく。

「その元彼はどうなったんですか？」と静秋は訊いた。

「別に、なんともなっちゃいないさ。ちょっと警察に捕まって、ちょっと裁判にかけられそうになったくらいだ。輝之はやつを恨んでいなかった。意識が戻った途端、不起訴にしてくれって言いだして、結局そのまま釈放された。治療費と慰謝料は受け取ったみたいだけどな。お前と同じだ」

「俺は、その辺はよく知らないな」

ぽつりと呟いた静秋に、「ん？」と本山が首を傾げた。

「慰謝料の話です。両親が払ったのか、それとも払わずに済んだのか、訊いてもない」

「払うことはねぇんじゃねえの？　さすがに。当時お前はまだ十八か十九だったろ。既婚者だなんて知らなかった。怪我《けが》させたのは悪かったけど、相手が百パー悪いだろ。大人なんだし」

「いや、でも、」

あの事件は、結局静秋の妄言で片付けられたのだ。一貫して神崎は静秋との関係を否認し、一方で男同士の痴情のもつれなど外聞が悪いからと両親は神崎を訴えなかった。全面的に静秋が悪いことにして、事件をなかったものにした。事件だけでなく、静秋の存在も、だったが。

――ストーカーされて困ってるんだ。

ふいに神崎の声が蘇り、静秋は首を緩く振った。思い出すと、どす黒い感情が身体の奥から噴き出しそうになる。静秋はまだ許せていないし、許すつもりもない。ただ、気分が悪くなるから、普段は何もなかったように沈めて、隠して、見ないふりをしている。

息が詰まりそうな日々だ。この六年間、もうずっと。

「もうやめましょう、この話。聞いたところで、俺は久野さんに興味もないし、仲良くなるつもりもない」

「じゃあなんで一緒に帰ってんだ」

「いろいろあるでしょう、大人なんだから」

そう言って、今度こそ事務所のドアを開いた。

「静秋」

「なんですか」

「叔父の俺が言うのもなんだけどよ、輝之はいい男だぞ」

照れくさそうに鼻の下を掻きながら、本山が言った。刃傷《にんじょう》沙汰になったやつの、どこがいい男なのだ。

バンッとドアを乱暴に閉めて、静秋は無言で事務所をあとにした。


「シズくんって、何をされるのが一番嫌い？」

事後、ベッドの上でまどろんでいると、ふいに久野が訊いた。はっとして、静秋は身体を起こした。もう帰らなければ、終電に間に合わない。ごそごそと下着を身に着けながら、短く答える。

「干渉」

ふっと久野が笑った気配がした。

「俺とは真逆だな」

「そうですか」

本山に久野の過去を聞いてからも、相変わらず久野との関係は続いていた。

嫌いだ、とはっきり思ったはずなのに、静秋の身体が快楽を求めて久野に抱かれたがったせいだ。

誘われてしまえば、断れなかった。こんなに気持ちいいこと、簡単にやめられるはずがなかった。久野は麻薬だ。

「俺は干渉されないことかな。もちろん好きな人に限ってだけど」

静秋を見つめて、久野が肩をすくめた。裸のままの久野の脇腹には、生々しい傷痕が残ったままだ。

初めてそれを見たときよりは、少し赤みは引いているようだが、盛り上がったままの皮膚は痛々しかった。

久野の元彼が執着心の強い人だというのは本山から聞いた。だが、どうして刺すまでに至ったのだろう。

静秋には、明確な理由があった。神崎が裏切ったからだ。

だったら、久野は？　久野は彼に一体何をしたのだろう。

静秋から見た久野は、おせっかいで図々しくて、軽薄な男だった。しかし、一応責任感はあるし、愚かでもなかった。久野のことは嫌いだが、正直、刺されるほど恨まれるとは思えなかった。

だからこそ、静秋は久野をきっぱりと拒絶できないのかもしれない。刺した側に共感できるのに、久野には確かに失望したはずなのに、「でも」とどこかで否定したがっている自分がいた。

世間話の一環として、どんな人と付き合っていたのか、探ってみたくもなる。だが、質問をすればその分だけ自分も何かしら開示しないといけない気がして、躊躇う。それに、干渉が嫌いだと言っておきながら、他人に干渉するのは憚《はばか》られた。

そのとき、ざあっと激しい雨の音が聞こえてきた。窓の外を見ると、土砂降りになっていた。雷まで鳴りはじめ、遠くの空で閃光《せんこう》が走った。

「雨は深夜からだって予報だったのに、もう降ってきちゃったな」

久野が裸のまま窓辺に向かう。そして振り返って言った。

「泊まっていったら？　どうせ明日は休みだし」

どうしようかと、外を眺めながら迷う。傘は持ってきていないし、帰るなら久野に借りるしかない。しかしどのみちこの雨では傘があってもずぶ濡れになりそうだった。

「Tシャツ貸すから、それで寝なよ。スウェットは多分サイズが合わないだろうから、ハーフパンツでいいかな」

静秋が返事をする前に、久野がクローゼットを開け、てきぱきと泊まりの準備を始めてしまった。

だったらもういいか、と静秋は穿《は》こうとしていたジーンズから脚を引き抜いた。

「せっかくだし、酒でも飲む？」

「飲みますけど、その前に早く服着てくださいよ」

久野が動くたび、硬さを失ったものがぶらぶらと揺れているのが目に入る。

「ごめんごめん」

謝って下着を穿くと、久野はTシャツとハーフパンツを静秋に投げて寄越した。静秋がそれを着ているあいだに、久野もTシャツとスウェットパンツ姿になる。ラフな格好だというのに、やはり久野が着るとなんでもスタイリッシュに見えるからずるい。

「ビール、飲めたよな？」

冷蔵庫から缶ビールを取り出して、久野が訊いた。

「ああ、はい」

差し出されたそれを受け取って、静秋はプルトップを引いた。

「つまみ、あったかな。まあ、とりあえず乾杯」

こつん、と缶同士をぶつけ合い、ビールを一口飲む。こうして久野とふたりきりで飲むのは初めてだ。たまに開かれる会社の飲み会では一緒のこともあるが、よくよく考えてみれば、サシ飲みをしたことはなかった。この数ヶ月、何度も身体を交えたというのに、静秋と久野のあいだには、それ以外何もなかった。

急に、胸が苦しくなる。不快感にも似たこの感情が、どこから生まれたのか、何が原因なのか、静秋にはわからなかった。ただ、少し前にも感じたことがあった。久野の過去を聞いたときだ。久野が元彼に刺されたと聞いたとき、静秋は失望した。あのときの感覚に、似ている気がした。

「どうかした？」

久野が心配そうに顔を覗き込んできた。それに、「いえ」と答え、もう一口ビールを飲む。

失望、と心の中で唱え、しばらく思考を巡らせてから、静秋はふっと笑いを零した。不思議そうに久野がこちらを見た。

「なんでもありません」

失望。望みを失うこと。

漢字を分解して、気づいてしまった。望みを持っていたから、失望するのだ。静秋は久野に希望を持っていた。だから、失望した。

写真の件がある前や、過去を聞く前は、仕事熱心だと久野のことを少し見直していた。だから、いい人だと思いはじめていたのかもしれない。それを裏切られたから、きっとこんな気持ちになるのだろう。

誰にも期待しないと決めていたくせに、自分はまた知らず知らずのうちに気を緩めていたらしい。

「そういえば、シズくんが泊まるの、初めてだな」

冷蔵庫を漁りながら、久野が言った。「おっ」と何かを発見し。扉を閉じる。

「チーズがあった。安いやつだけど」

「ありがとうございます」

礼を言ってチーズを受け取り、銀色の紙を剝がして、齧《かじ》る。久野が、テレビを点《つ》けた。雨音が掻き消され、バラエティの騒がしい声が部屋を埋めた。チャンネルを変えると、少し前に流行ったアクションものの洋画が流れてきた。もうほとんどクライマックスで、男と女が見つめ合って愛を囁いている。どうやらこれから男が決戦の舞台に立つようだ。

「懐かしいな、これ。一時期話題になって、俺も映画館に観にいった」

まさかひとりで、ではないだろう。刺されたという元彼とだろうか。気になって、また、そわっと心臓の辺りが波立つ。

「恋人と、ですか」

堪えきれず、静秋は訊いた。

「そうそう」と事もなげに久野は答えた。「向こうはあんまり興味なかったみたいだけど、俺が観たいってわがまま言って連れていったんだ」

そう言って、ビールに口をつける久野の顔には、暗い翳《かげ》など一切ない。例の元彼ではないのか、それとも、表情に出さないようにしているのか、静秋にはわからない。

画面の中で、男と女が熱いキスを交わしていた。メインはアクションなのに、やたらとラブシーンが長くて、気まずい。静秋はそれを誤魔化すようにビールを流し込んだ。普段あまり飲まないせいか、すぐに酔いが回った。目の辺りがぼうっとして、眠気に襲われる。

「洋画ってこういうのがあるからロマンチックだよな」

久野が言った。静秋は眠い頭で考えて、首を左右に振った。

「いらなくないですか？　アクション映画なのに」

「様式美は必要だろ」

「俺はイチャイチャを見せつけられたら、ちょっと萎えます」

「前も言ってたけど、恋愛、そんなに苦手？」

じっと静秋を見つめて、久野が訊いた。

「苦手というか、」と静秋は言い淀《よど》んだ。久野に言ってどうなるんだとも思ったが、酒によって随分と堰《せき》が脆《もろ》くなっていたらしい。

「信じられないんです、人間を」

素直に呟いた静秋の横に、久野が座った。それに構わず、静秋は喋り続けた。

「好きとか愛してるなんて、口ではいくらでも言えるじゃないですか。でも、腹の中で本当は何を考えてるか、絶対わかりっこない。だから、俺は最初から何も言いたくないし、他人の言うことも信じられない。この仕事だって、本当は向いてないんだ。あんたの言うとおり、俺には思いやりがない。マニュアルに書いてあることをなぞって、確かめたはずなのに、結局は大切なものでも廃棄に回すような、そんな人間なんです、俺は」

語尾が揺れる。悲しいことを言っている自覚はあった。だが、諦めてもいた。自分には一生わからない。もう二度と、戻れない。

「シズくんは」と久野が真面目な顔で言った。「考えすぎだと思うけど」

「え？」

「だから生きづらい。みんな、そんなに他人の言うことを常に真面目に聞いてるわけじゃないよ。それで間違えもするし、後悔もするし、迷惑だってかける。それが普通。それなのに、シズくんは先によくよく考えちゃうから、動けないいんじゃないのか？」

「俺の話聞いてました？　はじめから全部、受け付けてないいんです、俺は」

「それは結果。俺が言ってるのは、シズくんの気質の話だ。考えすぎちゃうから、いろいろ経験した結果、動けなくなった。動きたくなくなった」

確かに久野の言うとおりだ。静秋は、動きたくない。これ以上感情を乱す何かに触れたくないから、殻に閉じこもって耳を塞いでいる。自分の心の声すらも、聞きたくはなかった。考えるのは、疲れる。考えようとすると、自分の心が悲鳴をあげる。

どうして、自分は。自分だけが。ほかの人もそうに決まっている。そうじゃないと、自分が惨めで仕方がない。だから、「どうせ」と他人まで勝手に人間不信に仕立てあげて、大切なものを取りこぼさせる。

カシャン、と音を立てて、写真立てが段ボールの底に落ちていく。

「何もうまくいかない」

ぽつり、静秋は呟いた。

「それでも、動いてみることはやめないでほしい。俺がサポートするよ。シズくんが苦しくなったら、俺を頼ればいい。苦しくなったら、そこで俺に渡してくれたらいいよ。あとは俺がちゃちゃっと片付けとくからさ」

久野が言って、缶同士をコツンとぶつけた。こういうとき、久野を大人だなと思う。「なんとかなるよ」と無責任なことを言わないところが、大人だ。ここで安易に抱きしめたりしないところも。できるだろうか。自分にも。久野のように。

そう考えて、はっとする。いつの間にか久野に毒されかけていた。静秋はそんな自分が無性におかしくて、ふっと笑い声を立てた。

それから、思う。

本当に、どうして元彼は久野を刺したのだろう。仕事ではぶつかることも多く、言うことを聞いてくれないせいで不満も多いが、真面目だし、熱心だ。セックスにも不満は何もない。こうして親身にもなってくれる。

少し考えてみて、だからかもしれない、と静秋は思った。

恋人でもない静秋に、久野は気を遣ってくれている。もし久野に恋人がいたとしたら、その恋人にとってそれはきっと面白くないことだ。自分の恋人が、誰にでもやさしい、なんて。そんな八方美人、信じられなくなって当然かもしれない。

「そんなこと言って、久野さんは、もう恋人つくらなくていいんですか？」

疑問はするりと口から零れていた。ブレーキのない車のように、静秋は止まることを忘れてしまっていた。

以前、静秋には恋人をつくれと言った。特殊清掃のヘルプに行ったときも、ひとりで死ぬのは怖いと怯えていた。だったら本来、静秋とこんなことをしている場合ではないのでは、と思う。

「でも、俺が恋人をつくったら、シズくんの相手はできなくなるけど。それでもいいのか？」

恋人をつくらない静秋にとって、久野は都合のいいセフレだ。このまま久野に恋人ができないほうがいい。でも。

「うーん」と静秋は唸った。「困るけど、仕方ないと思います」

「仕方ない？」

「だって、俺はそういうものだから」

そういうもの。かつて恋人だと思っていた男には裏切られ、両親には恥晒しだと詰《なじ》られ、縁を切られた。友人だっていなくなった。心配さえされなかった。きっと、静秋は誰からも捨てられる運命なのだ。

だから、捨てられるような関係はなるべくつくりたくはなかった。久野との関係は、不可抗力だ。ただ、久野とは恋人同士ではない。たとえこの関係が解消されたとしても、かつてのようなダメージにはならないはずだ。

ビールを呷《あお》る。が、いつの間にか飲み干していたらしく、飲み口に溜まった数滴だけが、虚しく舌に触れた。

「もう寝る？」

　久野が訊いて、静秋から空き缶を奪った。そして、久野は少し考えるように上を向いてから、呟いた。

「俺は、しばらくいいかな」

「何が？」

「恋人。まあ、もう少しひとりでいるのもいいかなって」

　それを聞いて、静秋はほっとした。

「そうですか。じゃあ、遠慮なくセックスしに来ます」

「シズくんって、ほんといい性格してるよな」

　立ち上がりついでにくしゃくしゃと髪を掻きまわされ、その手の温かさに顔をしかめた。顔が赤くなっているのは、きっと酒のせいだろう。そうに決まっている。

　静秋は布団を捲ると、その中に包《くる》まってぎゅっと目を閉じた。


　本山に久野の好きにやらせろと言われてから、何件か一緒に仕事をした。

　はじめこそ久野の仕事のやり方への反発心を抱えていた静秋だったが、もう十分に仕事を覚えた久野をひとり立ちさせるための過程だと思えば、口を出さないことにも納得できた。

とはいえ、久野が主導だと形見分けに取っておくものが多すぎて困るのも事実だった。

「これ、捨てちゃいけないやつだ」

すでにいくつもの品を取っておいてあるのに、キッチンに置かれた茶碗を手に、久野がまた言いだした。昔流行ったキャラクターが描かれている、子ども用の茶碗《ちゃわん》だ。よく見るとそれはところどころ欠けていて、静秋なら間違いなく廃棄に振り分けていただろう。

どうして、と静秋が疑問に思ったのを察して、久野が説明する。

「依頼人に子どもはいない。だから多分、本人のものだと思う」

今回の依頼人は、五日前に亡くなった四十代の会社員だ。病気を患ったのをきっかけに、うちに依頼してきた。両親には万が一の場合プルーフに依頼してあるのを伝えているが、自分が亡くなったときはプルーフのスタッフだけで片付けてほしいとのことで、死後事務委任契約済みの案件だった。

「本人のものなら、捨てればいい。もうそんな壊れた茶碗なんて誰も使わないでしょう」

「いや、ご両親への形見分けにする。だってこれ、捨てずに取ってあったってことは、そういうことだろ」

そういうこととは、どういうことだ。単に捨てるのが面倒で、そのままになっていただけかもしれない。もしくは、そのキャラクターに思い入れがあったか。

「思い出の品なんだと思う。子どもの頃から使ってて、ご両親との思い出もあった。だから大切にしてたんじゃないか」

久野の言葉に、静秋は鼻の上にしわをつくった。両親との思い出。大事に取っておきたいほどのものは、静秋にはない。だから、共感はできなかった。しかも今回の茶碗は、傍《はた》から見ればただのガラクタだ。久野の妄想の可能性も大いにあった。

「そんなものもらっても、困ると思いますけど、ご両親も」

「そんなことないって。きっと喜ぶ」

本気でそう信じているのか、久野は宝物を見つけたときのように満足そうに緩衝材で丁寧に茶碗を包んだ。

静秋は目を閉じて、頭の中で遺品整理マニュアルをそっと捲った。

本山が作ってくれたマニュアルには、使われた形跡のある夫婦茶碗やペアグラスが形見分けの例として挙げられていた。しかしそれは伴侶を亡くした人向けのものだ。一緒に使っていたものなら、取っておきたいと思うのはさすがに静秋にだってわかる。だが、今回のような、独身男性の両親への形見分けには、当てはまらない。

それでも、久野は迷わずに取っておくと言った。少し前なら、その決断にイライラしていたかもしれない。余計なものを増やすな、と。

それなのに、今の静秋は、不思議と考え込んでいた。他人の想《おも》いを考えるのが苦痛で、すべてをマニュアルに丸投げするのが常だったというのに。久野の言うとおり、依頼人は何か特別な意図があって、この茶碗を大事にしていたとして、その想いは、両親にとって受け取るに値するものなのかどうか。

自分なら、いらない。でも、ほかの人は？

考えれば考えるだけ、頭の中で雑音のように罵声が響く。

――杉嶋家の恥晒しが！

――どうしてこんな子になってしまったのかしら。私が悪いの？　こんなことなら、あなたなんて産まなきゃよかった……。

静秋が他人の気持ちを推し量るのには、苦痛が伴う。思い出すものが多すぎるのだ。忘れようと思ってもべったりと脳裡《のうり》にこびりついたそれらは、呪いのようにすぐに静秋の思考の大部分を埋め尽くしてしまう。

それでも静秋が考えようとしはじめたのは、きっとあの夜のせいだ。

――それでも、動いてみることはやめないでほしい。俺がサポートするよ。シズくんが苦しくなったら、俺を頼ればいい。苦しくなったら、そこで俺に渡してくれたらいいよ。あとは俺がちゃちゃっと片付けとくからさ。

酔いながら聞いた久野の言葉を思い出し、ふっと痛みが和らいだ。そのタイミングで、久野が訊いた。

「シズくんには、そういうの、ない？　ご両親とか、兄弟とか、大切な人が亡くなったときに、取っておいてほしい、」

「ないですね」

考えるまでもないことだった。被せるように、静秋は答えた。久野がなんとも言えない表情で、

「そっか」と頷いた。

両親とは、縁を切っている。兄弟もいない。友人とも、大学を辞めて以来連絡を取っていない。もはや友人ですらない。静秋は誰とも繋がっていない。苦痛が和らいだと思った矢先、それを急に突きつけられ、足元にぽっかりと大きな黒い穴が開いているのが見えた気がした。錯覚に、びくりと身体がすくむ。

「じゃあさ」と少し悩んで、久野が訊いた。「俺が死んだら、何が欲しい？」

突拍子もない質問に、静秋は面食らった。

「久野さんが死んだら？」

「そう。形見分け。なんでもあげるって言われたら何が欲しい？」

久野が死んだら。それを考えようとして、喉の奥がぐっと首を絞められたように痛くなる。その感覚に、静秋は驚いた。

久野のことなど、どうでもよかったはずなのに。それなのに、咄嗟に彼の死を拒絶してしまった。嫌だ、と確かに思った。だが、それを認めるわけにはいかない。本山や、橋本、丸岡のことも考えてみる。同じような不快感を覚え、静秋はほっとした。何も、久野だけが特別じゃない。職場の人がい

なくなったら、困る。だから、苦しい。

「いらない」

すげなく答えた静秋に、「ええ〜」と残念そうに久野が笑った。「シズくんが俺の形見を欲しがってくれるには、まだまだ仲良くならないとダメってことか」

結局、依頼人の両親は、茶碗を受け取っても喜ばなかった。むしろさめざめと泣いて、悲しい思いをしただけのようだった。ただ、捨てておいてとは言われなかった。緩衝材に包み直し、貴重品と一緒に持って帰った。

「おせっかいだったんじゃないですか」

帰りの車の中で、静秋は言った。そろそろ思い知ってくれないか、との願いを込めて。

だが、「泣かせるのも、大事な仕事だから」と久野は意味不明なことを呟いた。

「え？」

「遺品整理の仕事の話」

泣かせるのが仕事だなんて、聞いたことがない。本山にも教わっていない。

「泣いたらすっきりするだろ。依頼人はまだ亡くなって五日だ。ご両親だって心の整理がついてないと思う。だから、よかったんだ。あれで」

久野が何を言っているのか全然わからなかった。それでも、なんとなく、今回はこれでよかったのかもしれない、と静秋も思った。

久野の運転は、丁寧だ。停《と》まるときも静かなブレーキングで、ぼうっとしていると停車に気づかないときがある。久野の運転する車から外の景色を眺めて、静秋は不思議と凪を感じていた。いつもは無理やりつくっているはずの凪を、まさか久野の隣で感じるとは思わなかった。

久野の思考に合わせることに、少しずつ慣れてきているのかもしれない。けれどそれは、決して諦めなどでないことは、静秋にもわかる。

知りたい、とはっきり思う。久野が何を考えて、どうしてそういう行動に至るのか。

知れば自分も本山が望むような仕事ができるのではないか。かつて持っていたはずの、思いやりというものを、また取り戻せるのではないか。

必要ないと切り捨てたそれらを、また。

「はあ」

ため息をつくと、久野が「どうしたの」と前を見たまま訊いた。

「別に。ただ、ちょっとお腹すいたなって」

「事務所帰る前に何か買ってく？」

「仕事中ですよ」

「じゃあ怒られないように叔父さんの分も買っていこう」

いたずらっぽく笑って、久野は車線を変えた。もう少し行ったところに、ハンバーガー屋の看板がある。時刻は四時。夕食にするには早すぎるし、おやつにしては重すぎる。だが、久野は当然のようにドライブスルーへと車を滑り込ませていく。

前の車が注文をしているあいだ、メニューを眺めながら久野が訊く。

「渡辺さんも食べるかな」

「さあ。俺はダブルチーズバーガーと、アイスコーヒーとポテトのセットで」

「注意した割に結構食べるじゃん」

「いいでしょ、別に」

不機嫌に尖らせた静秋の唇を、久野が指で摘《つま》んだ。その手を静秋が払って、ついでに久野の肩を思いっきり叩いた。すると久野は大げさに痛がって、今度は静秋の脇腹をつついてきた。負けじと静秋も応戦する。子どものようなやり取りだ。いい大人ふたりで、何をやっているのだろう。馬鹿らしくなって、静秋は思わず目尻を下げて笑った。

笑ってから、慣れない動きに頬が少し引き攣れるのを感じた。こんなふうに笑ったのは、随分と久しぶりだ。ちらりと久野を見遣ると、彼は眩《まぶ》しそうに目を細めて、静秋と同じように嬉しそうに笑っていた。


「今回は入院中の五十代男性です。同性の愛人のためにご家族に内緒でこのアパートを借りていて、その愛人の方とは入院前に別れたそうなので生前に整理をしておきたいとのことです。あくまでご家族には内密に」

よりによって、一番受けたくない案件の依頼が来てしまった。契約内容を読んだとき、静秋はこれを受けた久野を心底恨んだ。

「了解。残しておくものは？」

「売れそうなものは売って清掃の代金に充ててくれとのことです」

「ほかは？」

「特に指定はありませんが」

「わかった。じゃあ俺の感性に任せてもらっていい？」

「どうぞ」

「ありがとう。今日も頑張《がんば》ろうね、かわいこちゃん」

「では、俺は玄関からキッチンまでを担当するので、久野さんは寝室をお願いします。それが終わったらリビングを」

いつものように久野の軽口を往なして、作業を開始する。

狭いアパートにはそれほどものも多くなく、一時間ほどで作業の終わりが見えた。

「一応、元愛人さんの私物のいくつかを残しておいたけど、依頼人に捨てるかどうか訊いてみてもいい？」

手際よく部屋を片付けた久野が、段ボールに入ったアクセサリーや香水を指差して言う。

以前なら、「捨ててください」とすげなく切り捨てるところだが、今は違う。

「じゃあ、久野さんが電話して確認取ってください」

「うん」

静秋のおとなしい返答に、どうしてか毎回嬉しそうに久野は頷く。静秋が反発しないことがそんなに嬉しいのかと少し前に訊いたことがあったが、久野はただ意味深に微笑むばかりだった。居心地は悪いが、黙って勝手に行動されるよりは幾分かマシだ。

「あ、もしもし？　プルーフの久野ですけど。はい、お世話になっております」

調子よく依頼人と会話し、取っておいた物品についての取り扱いを訊ねていると思えば、しばらくして少しだけ久野の声音が静かになる。どうしたんだと視線を遣ると、久野は静秋に寂しそうに微笑んで見せた。ずび、と洟《はな》をすする音がスピーカーから微《かす》かに漏れ聞こえた。

「……はい、ではそのように。……いえ、こちらこそ」

通話を切ると、久野はひとつため息をついてから言った。

「アクセサリーは持っていても困るから、香水だけ残しておいてくれって。彼がよく使っていたものだから」

痛ましそうに、久野の顔は歪《ゆが》んでいる。静秋には、彼のその感情がどちらへ向けてのものなのか判断がつかなかった。

裏切られている家族へなのか、死に向かっていてもなお元愛人に対する未練を断ち切れずにいる依頼人へなのか。

「では、香水だけ除《よ》けておきます。あとは処分しましょう」

久野が取っておいたアクセサリーを掴んで、静秋は不燃ゴミの段ボールに入れた。チャリチャリと鳴き声のように、金属の擦れる音がした。

「愛って難しいな。家族も愛人も、どっちも大切に思う気持ちはちゃんとあるだろうに」

静秋に言い聞かせるように、だが決して反応を求めない独り言のように、久野が言う。返さなくていいのなら、静秋は返さない。

しかし今日はどうしても引っ掛かることがあり、静秋は逡巡《しゅんじゅん》してから久野に言った。

「久野さんは、本当に依頼人が家族を愛しているとでも思ってるんですか？　浮気してるのに。そんなこと、あり得ないでしょう」

男の愛人がいたということは、つまりゲイであることを隠して結婚し、家庭を築いているにもかかわらず、遊んでいたということだ。家族を愛していたというなら、そんな真似《まね》ができるわけがない。だから静秋にとって今回の依頼人は、不誠実で浮気性の、最低な人間という印象しか持ち得なかった。

神崎と同じだ。最低で自分本位な、静秋が大嫌いな部類の男。

けれど、「愛していないとは言えないよ」と久野は妙にはっきりとした口ぶりで言った。「種類は違うかもしれないけど、長年一緒にいたんなら、愛だって生まれる」

「家族愛と性愛ですか」

くだらない言い分だ、と静秋は鼻を鳴らした。

「そう。あの年代だと、ゲイだとしても隠して結婚するのが普通みたいな風潮があっただろうし、奥さんに対しては、きっと性欲は感じなかったんだろうけど、一緒に家庭をつくって、それを守りたいって思うのも紛れもなく愛だろ？　愛人のことだって、こっそり逢瀬《おうせ》を重ねるくらいに愛してた。どっちも持ってたっておかしくはない」

「そんなの、主観的な屁理屈《へりくつ》ですよね。片方に入れ込んでたら、片方への愛情は薄まる。平等に分配なんてできない」

「平等じゃなくても、だよ」

「俺は、」と言いかけて、静秋は自分が思ったより熱くなっていることに気がついた。開きかけた口を閉じ、きゅっと引き結ぶ。

「じゃあ、今日はシズくんも一緒に行く？」

「え？」

「依頼人のところへ、これを届けに」

香水瓶を振り、久野が言った。久野のおせっかいが起因の形見分けのときは、久野が言い出したことなのだから、何を言われるのも自己責任だ、と静秋は同行を遠慮して車で待ち、いつも久野ひとりで行ってもらっている。

「電話でも確認したし、形見分けでもないから、今日は酷いことは言われないと思うし」

目元に笑みを浮かべて、だが強い意思がそこに潜んでいた。こうなれば久野のことだから、断ってもしつこく誘ってくるのだろう。それに、依頼人の真意が気になりもした。わずかな好奇心もあった。最低な男の顔を見てみたいと思った。静秋は半ば諦めたように頷いた。

「わかりました。行きます」

久野に付き添って、指定された病室の前に行くと、中から少しはしゃいだような子どもの声が聞こえた。

トントン、とノックをし、どうぞという返事を確かめたあと、久野がドアを開いた。

個室のベッドの上には、痩せこけて死に向かっている様がはっきりとわかる、初老の男が横たわっていた。ベッドの脇に、彼の妻らしき白髪まじりの女性と、そして彼女の膝の上には三歳くらいの女の子が座っている。

「ああ、君たちか」

じいじ、あの人だぁれ、と舌足らずに訊く女の子の頭を、男は愛しげに撫でた。その視線には少しの嘘も含まれていないように静秋には思えた。ただの幸せな家族の姿がそこにあった。少なくとも、静秋にはそう見えた。

ずきりと、心臓の辺りが痛みを訴えた。

「じいじの知り合いだよ。悪いが席を外してくれるか」

そう言われ、彼の妻と女の子は静秋たちに会釈をし、病室を出て行った。

家族が退席したところで、久野は短い挨拶のあと、男に香水と請求書を手渡した。若い男が好みそうなブランドの香水だった。

「ああ、これだ。ありがとう」

家族といたときと同じ顔で、男は礼を言った。静秋がドアのほうを振り返ると、静秋の疑念がわかったのだろう、男は続けた。

「彼は私に一時の夢を見させてくれたんです。抑圧していた自分の一部を、彼だけが受け入れてくれた。若いのにしっかりした子でねぇ」

香水を手首に振りかけ、匂いを嗅ぐと、懐かしい思い出に浸るように悲しい顔をし、それから微笑んで男は目を瞑った。それきり黙り込んでしまい、香水の匂いだけが病室を埋める。依頼人は夢の中に行ったきり、しばらくは戻りそうもなかった。

行こうか、と久野が言った。もっと激しい何かがあるかと思っていたのに、事は淡々と終わった。

「どう思った？」

車の中で久野が訊いた。静秋は少し考え、「依頼人が今回のことに満足してるってのはわかりました」と答えた。

「でもやっぱり、あの依頼人の考えは理解できません」

ちりっと胃が焼けるように熱くなる。

体裁を保とうと結婚し、結局性欲のまま浮気して男を愛した依頼人。だが、家族を愛していたのも本当のようだった。孫を見る目はやさしかった。

　理解を超えた現実。複雑すぎる心情を考えるのは、とてもしんどいことだった。特に、静秋にとって、彼は拒絶しなくてはならないタイプの人間だったのだ。それなのに、こんな関係もあるのかと、ちらっとでも思ってしまった自分に驚きを隠せない。

「割り切れないこともあるけどさ、依頼人が満足して、それで穏やかに最期を過ごせるのは、家族にとってもいいことだと思わないか」

「家族は最期まで知らないまま」

「今回の場合はそれでいいと思う」

　依頼人の満足そうな顔。家族たちの疑いのない眼差《まなざ》しを思い出す。だからきっと、久野の言うとおりなのだろう。

　正解かどうかはわからない。けれど、今までとは違うやりきれなさと疲れに、静秋はひとつ頷いて、現実から逃げるように目を閉じた。

「着いたら起こしてください」

「寝るの？」

　疲れちゃったか、と久野が笑った気配がしたが、静秋はもう何も応えなかった。

それからまた何件か、静秋は久野の勧めでおせっかいの現場に付き添うことになった。ありがとうと言われる場面もあれば、苦虫を嚙み潰したような顔で睨まれることもあった。それでも久野は懲りずに何度も何度も、おせっかいを繰り返す。ライオンの親が子どもに狩りを教えるように、静秋におせっかいを教え込もうとする。

そしてやがて、不本意だがなんとなく静秋にも久野の思考がわかるようになってきてしまった。久野なら多分、こうするだろう。久野ならきっと、こう言うだろう。

静秋の視界は、久野を通じて、少しだけ広がった。だがそれでもまだ、自分から行動する気力は、静秋には湧かなかった。

そしてそれが日常となりつつあったある日の夕方、事務所に帰ると久野に来客があった。

「こんにちは」

少し強張《こわば》った顔の男性が、ソファから立ち上がり、久野に頭を下げた。どこかで見たことがある顔だ、と静秋が思案するより先に、久野が「和田《わだ》さん」と名前を呼んだ。それで思い出した。女装家と一緒に写真に写っていた男だ。写真を送り返してきた封筒に、彼の名前があった。

「先日は写真を送っていただいて」

「ああ、はい。すみません、大原《おおはら》さんに頼まれてもいないのに勝手なことを」

大原和己《かずみ》、というのが女装家の名前だ。

「いえ、実はあれで彼が亡くなったことを知って。せっかく送っていただいたのに、混乱して送り返しちゃって。考え直してみたら、やっぱりあの写真、僕が持っていてあげたいなって思って」

送り返した写真を返してほしい、という和田に、静秋は顔を歪めた。

静秋はあの写真を、お焚き上げに持っていくよう久野に指示した。そもそももう二ヶ月近く前の話だ。いらないと言われて突き返されたものなのに、廃棄されているとは考えなかったのだろうか。

どうする、と静秋が久野を窺い見ると、だが久野は最初からそれがわかっていたかのように朗らかに頷いた。

「わかりました。持ってきますので、ちょっと待っててください」

「え」と静秋が目を丸くすると、久野は静秋にも微笑んだ。

ロッカールームに行ったかと思うと、すぐに写真を手に戻ってきて、久野は和田にそれを渡した。

「ありがとうございます」

写真を見た和田が、ぐっと唇を噛み締めて瞳を潤ませた。人前で泣けないと思ったのか、深呼吸で往なそうとする。

「お友達だったんですか」と久野が訊いた。今それを訊くのか、と静秋は久野を窘《たしな》めるつもりで袖を引いたが、久野は大丈夫、と静秋のその手をぽんぽんと叩いた。

「恋人、だったんです」と和田が言った。「数ヶ月前、突然好きな人ができたから別れてくれと言われるまでは……っ」

「数ヶ月前って、具体的にはいつでしたか」

久野が訊いた。その質問になんの意味があるのだ、と静秋は首を傾げた。同じように和田も訝りつつ、「八ヶ月ほど前です」と答えた。

「社長、大原さんが依頼に来たのは」

自席で珍しくじっとしていた本山が、最初から見越していたかのように依頼のファイルを捲っていた。

「八ヶ月前だな」

そうか、と静秋もそれでわかった。わかっていないのはこの場で和田だけだった。それに説明するように、久野が言った。

「大原さんがどうして亡くなったか、ご存知ですか」

「いえ、訊けるような共通の知人はいませんでしたから。もちろん、相手の家族の連絡先も知りません。さっき言ったとおり、あなたからの手紙で亡くなったとだけ知りました」

恥じ入るように言う和田に、久野が続けた。

「がんです。大原さんは、八ヶ月前にがんの告知を受けています」

はっとしたように、和田が目を瞠った。何かに気づきかけて、それでも信じられなくて、戸惑ったように首を振る。

「それじゃあ、カズは……、でも、そんな」

この戸惑いは、いくら静秋にでもわかる。ここにいる全員が、大原の意図を同じように汲み取っていたとして（むしろそれしか選択肢がない）、もし自分が和田の立場だったら、すんなりと納得できることではない。

大原は和田に何も告げなかった。最期を看取らせてくれなかった。

その事実は、呑み込むには大きすぎる塊だ。

「どうして」と和田が言った。

「憶測ですが」と久野が答えた。「大原さんは、和田さんに幸せになってほしかったから、病気のことを伝えなかったんじゃないですか。未来のない自分のことは忘れて、誰かと次の恋をしてほしい。もし自分が死んだら、きっと和田さんは悲しんで立ち止まってしまう。自分の死後、和田さんを縛りたくなかった。だから、病気を知られる前に別れを告げて、自分を忘れてもらうことにした」

わかりきった回答だった。だが、こうして誰かに言葉にしてもらえないと、理解できないこともある。

ほかの人にも答えを求めるように、和田はちらっと本山に視線を遣った。

「私も、大原さんはそう考えていたと思います。形見分けリストにあなたのことを書かなかったのは、きっと忘れてほしいと望んでいたからだと」

本山が言う。和田の視線が、今度は静秋に向く。

「俺も、そう思います。愛していたからこそ、忘れてほしかったんだと思います」

言いながら、不思議だな、と静秋は感じていた。

実際、大原の部屋を整理したとき、静秋はその写真を迷いなく捨てようとした。久野が諭した言葉を無視して、頑なに。それなのに今、あのときとは違う気持ちで、愛してるだなんて言葉を平気で口にしている。

「その写真、大事そうに取ってありましたから」

愛してるなんて言葉、どうせ嘘だろ、と今までの静秋ならきっと鼻白んでいただろう。だが、大原の気持ちが今、驚くほど素直に理解できる。

大原は和田のことを愛していた。

だから何も言わず別れを切り出し、その死を報《しら》せなかった。

どうしてだろう、と静秋は自分を見つめて驚いた顔をしている久野を見つめ返して考えた。久野にとっても、静秋の発言は予想外だったようだ。

以前なら、誰かの愛情だなんて考えただけで苦しくなった。同時に想起される過去を沈めようと、心を殺していたはずだ。それなのに今の静秋は、「どうせ」とは考えもしなかった。

「そんな、僕はそんなの望んでなかった」

和田が言う。

「好きな人ができただなんて嘘までついて突き放して、僕は、僕は……、最期までカズと一緒にいたかったのに……っ」

押し留めていた涙が、堪えきれず和田の瞳から溢《あふ》れ出る。

それを見て、静秋の心がさざめき立つ。懐かしい感情だ、と静秋は自分の心境に驚きながらも、冷静にそんなことを感じてもいた。

この人もまた、大原のことを心から愛していた。お互い愛していたから、うまくいかなかった。

「報せないほうがよかったですか」

静秋は訊いた。嗚咽《おえつ》しながら、和田は首を左右に激しく振った。

「いいえ、いいえ……！　知らないでいるより、知ってよかった。僕が、僕だけがカズの本当の姿を知っているんです。僕がカズを忘れたら、カズが本当にこの世から消えてしまう。だから、だから……、ありがとうございました……っ」

泣きながら深々と頭を下げた和田の背中を、久野が撫でた。和田はしばらく泣き続け、そして数分して泣き止むと、何度も久野に「ありがとう」と言い置いて帰っていった。

「こうなることがわかってて、写真を置いてたんですか。お焚き上げにも出さずに」

静秋はロッカールームで着替えながら、久野に訊いた。

「取りにくるかどうかはわからなかったけど。ただ、すぐに燃やしちゃうのもなって」

「今回ばかりは、過度なおせっかいが役に立ちましたね」

「おっ。見直してくれた？」

「初めて、久野さんの言い分がはっきりわかった気がします」

あの写真を久野が取っておいてよかったと、和田を見て思った。これがおせっかいの醍醐味というならば、少しはそうしたい久野の気持ちも理解できる。久野の目を通して、静秋にもその世界が垣間《かいま》見《み》えた気がする。

　傍にいることで、いつの間にか久野さんに感化されてたんですかね、と真面目に言った静秋に、久野も笑いをへらへらから微笑に変えた。

「余計なお世話だって、依頼人を激怒させたり、微妙な顔をされることもあるけど、たまにこういうことがあるからな。おせっかいも無駄じゃないって思える」

「そんなふうに他人のために頑張れるの、すごいと思いますよ。俺にはできない」

とん、と久野は気が抜けたようにロッカーに身体を預けた。そして私服に着替え終わった静秋を見つめて、「褒められた」と嬉しそうに目を細める。子どものような表情だった。滅多に見せない無防備な顔に、静秋は今さらのように久野の顔をまじまじと観察する。

　整った顔なのは知っていた。だがそれはあくまで表面的なジャッジに過ぎず、久野本人を見ていたかと言われればそうではなかった気もする。

　口元に目を遣ったとき、あの唇が自分に触れてるんだな、と急に意識した。

「何？」

　目尻を下げたままの久野が訊いた。

「いえ」

　得体の知れない疚《やま》しさに襲われ、静秋はふいっと目を逸らした。その不自然さを誤魔化すように、静秋は言った。

「久野さんも早く着替えてくださいよ」

残業もなく、あとはもう帰るだけだ。しかも、明日は休み。もう本山にはばれているのだから、別々に帰らなくたっていい。

今日は気分がよかった。

久野の家に行く前に、コンビニで酒を買おうか。いつもは軽い夕飯しか買わないけれど、今夜はちゃんとつまみを用意して、セックスのあとにはダラダラとテレビを見ながら酒を飲んで、もしまた眠くなれば、泊めてもらえばいい。

「シズくんはさ」と久野が真面目な声で訊いた。「大原さんと和田さんを見て、恋をしてみたいなって思わなかった？」

突然の質問に、静秋は目を瞬いた。

「恋？」

「うん。俺は、いいなって思った。悲しかったけど、あんなふうに想い合える相手がいるなんて、羨ましくなった。シズくんは、どう？」

「俺は――……」

恋をしてみたいとは、思わなかった。いや、考えもしなかった。あのふたりは、確かに想い合っていた。どんなに結末は残酷でも、温かな愛があったと思う。それを感じ取れたことに、静秋は満足していた。それ以上を考えなかった。だから、自分が羨ましいと感じているかなんて、思い至るはずもなかった。

自分は、羨ましいのだろうか。

しかしそれ以上に、静秋の心を揺らしたのは、久野の言葉のほうだった。

羨ましくなったという久野は、つまり恋人をつくる気になったということだろう。そうなれば、静秋の相手はきっともうしてくれない。そのことに、動揺した。

久野がいなくなったら、困る。久野以外に、誰が静秋の身体を満足させてくれるというのだろう。今までのように出会い系で相手を探すのには、途方もない労力を感じてしまいそうだ。

ふ、と笑いたくもないのに笑いが零れた。目が、泳ぐ。久野を見ていられなくて、視線は床を彷徨った。

「久野さんは、恋がしたくなったんですか？　だったら、俺とはもう、」

絞り出した声は、震えていた。どうしてこんなにも自分が動揺しているのかさえ、わからないまま。

「ごめん」

静秋が言い終わる前に、久野が近づいて、力強く静秋を抱きしめた。

「何するんですか」と押し返そうとしても、逞しい久野の腕はびくともしない。

「ごめん。からかったわけじゃなくて、告白のつもりだった」

「は？　告白？」

告白、と繰り返し、音の意味を理解して、誰が誰にだ、という疑問に行き着く。それを静秋が訊ねる前に、久野が答えた。

「シズくんに褒められて、シズくんが俺に興味を持ってくれて、嬉しくて、つい、口が滑った。シズくんとの関係をやめたくなったわけじゃない」

「久野さんが、俺に告白ってこと……？」

「そう。俺はシズくんが好きで、だから、恋人になってほしいと思ってる」

抱擁が緩んで、久野が静秋を覗き込んだ。

嘘だ、と言いかけて、だが静秋は気がついた。胸に当てた手から伝わってくる久野の鼓動が、真実を告げるように、速い。

それが伝播《でんぱ》するように、静秋の心臓もどくんと跳ねた。

「離してください」

「もうちょっとだけ」

掠れた声で請われ、静秋は逡巡ののち抵抗をやめた。どうしてか久野が弱っている。そんな気がした。おせっかいが実を結んだことにほっとしてなのか、恋愛というものを思い出したせいなのか、あるいはそのどちらもなのか。わからない。

なぜ自分がおとなしく久野の言うことを聞かなくてはならないのだろう。静秋は憮然としながらも、行き場のない手をだらんと下ろして目を閉じた。そして考える。

もし、久野の気持ちが本当だったら。もし自分が久野を受け入れたとしたら——その先に、何かがあるのだろうか。

久野は静秋の変化を心から喜んでくれる。明るいほうへと引っぱろうとしてくれる。だが——。

ごぽっ、と水底の塊がその存在を主張するかのように、泡を吐く。

大原と和田の話を聞いて、心がさざめき立つことはあっても、沈めた負の感情が動くことはなかった。だから、一歩進めたのだと思った。

それなのに、いざ自分のことを考え出した途端、これだ。

潰れそうなくらい胸が痛んで、その痛みに静秋は喘いだ。その気配を察したのか、久野が拘束を解く。

「急な話だったな」

身体に残った久野の温《ぬく》もりを払うように、静秋は服をはたいて言う。

「冗談は顔だけにしてください。今日は、もう、帰ります。久野さんちには行きません」

「つれないなあ」

すっかりいつもどおりの久野を薄く睨んで、不機嫌にショルダーバッグを掴み、静秋は足早に部屋を出ようと踵《きびす》を返す。その背中に、久野が言った。

「待ってるから。シズくんが頷いてくれるのを」

静秋はそれに何も答えず、素っ気なくドアを閉めた。

　それから、静秋と久野のあいだに決定的な何かがあるわけでもなく、それとは反対に順調にゲイ専門の依頼は舞い込んでくる。

　今日の依頼は、縁を切ったゲイの息子の部屋を片付けてほしい、という母親からのものだった。

「こんなところに住んでたのね」

　ハンカチで目元を押さえながら、母親が言った。

「ゲイだって打ち明けられて、ここ一年、死んだものとして一切連絡を取らなかったんです。まさか、本当に死んでしまうなんて」

　1Kの狭いアパートは、適度に散らかった男臭い部屋だった。誰かの侵入を想定しておらず、ベッド脇には無造作にゲイ雑誌が広がったままだった。母親の目に触れないように、久野がさりげなくそれを閉じ、健全なファッション誌の下に隠した。

「殺されるなんて、馬鹿よね」

　静秋はかける言葉が思いつかず、依頼内容を確認するふりをして母親から背を向けた。

　三好桐吾《みよしとうご》。それがこの部屋の元住人の名前だ。三十一歳という若さでゲイバーを経営し、つい先週、店の常連客に暴行を受け、そのまま路上で亡くなった。随分前からストーカー被害を受けていたらしいが、警察には相談していなかったとニュースで見た。

「こんなことになるなら、勘当しなければよかった」

ぐずぐずと泣き続ける母親には悪いが、静秋は彼女が泣くたびにすっと頭が冷えていくような感覚を味わっていた。

可哀想に、とはどうしても思えなかった。息子のほうには多少同情するが、母親には同情どころか嫌悪さえ覚える。今さら何を言っているんだ、というのが静秋の正直な感想だった。

大原の件以降、多少は人間らしい思いやりが得られたかと思っていたが、そう簡単にはいかないんだな、と苦い思いが胸に湧く。

それより邪魔だから早く退《ど》いてくれないかとため息をつきかけたところで、久野が母親を外へ促した。

「お辛《つら》いのはわかります。ここは僕たちに任せて、三好さんは外で休んでいてください。終わったらお呼びしますから」

「ごめんなさいね。本当は私が片付けるべきなのに」

「いえ、今は心身共にお疲れでしょうし、専門家に任せるのは正しい判断ですよ」

「そうね。でも本当に、最後まで私ったら情けない」

「そんなことないですよ」

やさしい声音で、久野が言う。ふたり分の足音が玄関へ向かい、扉が開く音がした。これでようやく仕事ができる、とほっとしたところで、「早くあの子を許してやればよかった」と母親が言うのが聞こえた。

許す？

静秋は伏せていた顔を上げ、玄関のほうを見遣った。久野の陰になって、母親の顔は見えなかったが、きっとさっきまでと同じように悲劇のヒロイン然とした泣き顔なのだろう。静秋は小さく舌打ちをした。

ゲイであることは、他人に許しを請わなければならないものではないし、ヒロイズムの材料にされるようなものでもない。

今日のような依頼は前にもあったが、こんなふうに静秋たちの前で泣いて後悔を口にした依頼人は初めてだった。

勘当されたゲイなんて珍しくもないし、見ず知らずの親子関係にどうこう言うほど静秋は関心を持てなかったが、三好の母親は妙に神経に障る。

多分、と下唇を噛みながら、静秋は目を細めた。

久野に隠れた彼女の気配を色濃く感じる。

こんなにも苛つくのは多分、少しだけ、静秋の母親に雰囲気が似ているからだ。

冷静さとは縁遠く、高い声でよく喋る、あの母親に。

「そう思ってもらえるだけで息子さんも十分ですよ」と久野が言った。ええ、と母親が洟《はな》をすすって、そのあとで扉が閉まる。

「可哀想だったな」

神妙な顔で、久野が戻ってきた。静秋は久野から顔を逸らすと、「そうですか？」と棘《とげ》のある声で呟いた。

「何怒ってんだよ、シズくん」

「怒ってません」

肩をすくめ、久野が唇を引き結んだ。そして肩の力を抜いたあと、今日の仕事内容について話しはじめる。

今日のリーダーは久野だ。本山の提案で、仕分けの内容が曖昧な依頼のときは、リーダーを久野に任せることになった。曖昧、というのはたとえば、故人の大切にしていたものを残してくれ、だとか、交友のあった人たちにも分けてあげたい、など、形見分け先が複数あって残すものが多い場合だ。

どれが必要でどれが不必要なものなのか、迷ったらマニュアルに頼らずすぐに久野に相談するように、と本山に言われた。少し前ならマニュアルどおりにやれると反発していただろうが、今の静秋は久野のやり方を認めている。相談の手間はかかるが、仕事だと思えば苦ではなかった。

「シズくんは水回りをお願い。恋人がいたかもだからペアのグッズはなるべく取っておくこと。あとはリサイクルに回します。オーケー？」

「はい」

「俺はクローゼットから先にやるから、何かあったら声かけて」

「はい」

指示されたとおり、静秋はキッチンへと向かった。

あまり使われていなかったようで、シンクは綺麗なままだった。ごみもなく、軽い拭き掃除だけで済みそうだな、と流しの下の戸棚を開ける。小さめの鍋がひとつと、フライパンがひとつ入っているだけで、あとは何もない。ほぼ新品なので、これはバザー品だな、とリサイクルの段ボールに入れた。

上の棚に移ると、さすがにここにはいくつか食器が入っていた。同じ形状のグラスが四つ、白無地のシンプルな皿のセットがふたつずつ。それから、取っ手の一部が欠けた、歪《いびつ》な形のマグカップがひとつ。

どれも使い込まれていない様子に、静秋は全部を廃棄の段ボールに入れかけて、だが久野の言葉を思い出して手を止めた。

「久野さん」

「ん？」

呼ぶとすぐに、久野が顔を出す。

「どうかした？」

静秋は食器類の中からマグカップを指差し、訊いた。

「これ、形見分けしますか？」

久野はマグカップと静秋を交互に見て、それから訊いた。

「シズくんはどう思う？」

それがわからないから訊いているのに、と無言で見つめ返すと、「シズくんの意見が聞きたい」と久野は譲らなかった。

「俺なら廃棄に回します。キッチンはあんまり使ってなさそうだし、多分このマグカップもそんなに使ってないから思い入れもないと思います。欠けてるのでリサイクルにも回せません」

「じゃあ、なんで俺に訊いたんだ？」

「それは、」

静秋なら、欠けたものはすぐに捨てる。だが、このマグカップはわざわざ取ってあるように感じた。三好がズボラなだけだったのかもしれないが、そうじゃない気もした。だから訊いた。

「捨てたらいけない気がして」

ぼんやりとした静秋の意見に、ふっと久野が目元を緩めた。

「その感覚でいいと思う。依頼人にいらないと言われたら、改めて捨てればいいだけの話だから」

「いいんですか、こんな適当な感覚で」

「俺はそれを頼りに仕分けてる」

シズくんもできるようになってきたんじゃないか、と付け加えられ、静秋は社長が理想とするおせっかいに近づけたとして喜ぶべきなのはわかっていても、気持ちが沈むのを止められなかった。

確信のないものに身を委ねるのが、静秋は怖かった。

「でも、やっぱりわかりません、俺には。思いやりなんてもの、全然」

胸の奥がもやもやする。

「なんで？」

そんなことない、と言うように、久野が傍に寄ってきて、静秋の顔を覗き込む。

「ちょっとずつでいい。焦らなくていい。そのためのバディだ。さっきみたいに、シズくんは俺を使って」

励まされる居心地の悪さに、静秋はきゅっと唇を嚙む。そしてわざと自分を下げるように、言う。

「俺は、久野さんが思うような人間じゃない。さっきだって、俺はあの依頼人のこと、冷めた目で見てたんです。自業自得だ、可哀想な自分に酔ってんじゃねぇって。同情なんてこれっぽちもできなかった。それに、」

言いながら、一度治まったはずの苛つきが再び強く湧き上がるのを感じた。静秋はその気持ちのまま、顔を上げて久野を見た。

「久野さんが言った言葉にも、腹が立った。そう思ってもらえるだけで十分ですって、息子がどう思ってたかなんてわかりっこないのに、あの母親を庇《かば》うようなことを言って……」

静秋にもわかっている。仕事を円滑に進めるには、久野がああ言うしかなかったことは。

だが、どうしても不信感がちらつく。それは調子のいいことを言う久野に対する反発心、あるいは、簡単に人を籠絡できてしまう久野だからこそ、自分を口説くのも本気ではないのではないかという猜《さい》疑心《ぎしん》から来るものだった。だから、さっき怒っているのかと訊いた久野は、正しい。

静秋は怒っているのだ。あの泣きじゃくる三好の母親に。それを慰める久野の本心が見えないことに。そのすべてが理解できない自分に。

だが、そんな静秋の心の裡《うち》の混沌《こんとん》を知らない久野は、

「つまりシズくんは、息子の側に同情してたってことだよな」

と、能天気に言った。

「それってやっぱり、思いやりじゃないか？」

いつの間にか硬く握り込んでいた静秋のこぶしを、久野が解すようにさすった。その手を静秋はすぐさま振り払った。

「やめてください」

「シズくんは何をそんなに怖がってるんだ？」

「……セクハラするからでしょ」

仕事しましょうよ、と背中を向けると、久野は短く息を吐いて、だがそれ以上静秋を追い詰めることもせず、再び部屋へと戻っていった。

息子に同情したからこんな気持ちになってるんじゃない、と静秋はひとりになって自嘲気味に笑った。

今静秋の胸にあるのは、思いやりなどとは程遠い、おそらく久野には理解できない憎しみの感情だ。

苛つきと共に、元彼の記憶と同様に沈めたはずのものまでが、水底で動く気配を感じる。

——ゲイだって打ち明けられて、ここ一年、死んだものとして一切連絡を取らなかったんです。

親子の決別。三好が経験したように、静秋もまた、実の両親とは縁を切っている。似たような境遇の三好と自分を、重ね合わせないはずがなかった。

もし、と静秋は目を閉じる。

もし、自分が今死んだとしても、俺は絶対に両親を許さない。三好の母親のように自分の母親が泣いたとしたら、きっとさっきよりもっと冷え切った気持ちになるだろう。

ぎりっと下唇を噛み、その痛みではっとする。また考え込みそうになっていた。久野に仕事をしろと言った手前、自分も集中しなければ、と静秋も作業を再開する。


水回りを終え、クローゼットの洋服の多さに苦戦している久野を尻目に、静秋はテレビラックを片付けることにした。

六畳もないくらいの狭い部屋だ。大型のテレビが置いてあるだけでものすごい圧迫感がある。

ラックの上を片付けようとして、静秋はふと手を止めた。

テレビの奥に、写真立てが置いてあった。最悪だ、とため息が出そうになる。

ゲイ専門の担当になってから、あまり写真やアルバムといったものに遭遇することはなかった。今どきはみんなスマホで管理しているし、わざわざ紙に印刷してまで取っておくのは稀《まれ》なのだ。

以前は捨ててしまえばよかったが（実際捨てなかったにしろ）、今回の依頼はこれも確実に形見分けに入れなければならないし、そもそも久野が許さないだろう。

静秋は嫌々ながらも写真立てを手に取った。形見分けに分類しようとして、しかし写っていた人物に再び手が止まった。

母親にそっくりの細面の男は三好だろう。そしてその隣、三好の頬に口づけている男に、見覚えがあった。

がっしりした体躯《たいく》の、長身の男。右のこめかみには、小さな、だが目立った傷痕がある。

「え……？」と思わず声が洩れた。それに反応して、「ん？」と久野が振り返った。

「どうかした？」

「いえ、なんでもありません」

形見分けに入れかけた写真立てを、静秋は咄嗟さに廃棄の段ボールに入れた。しかしそれを久野は目ざとく見つけて、「なんで捨てるんだ」と顔をしかめた。

どうしよう、と静秋は視線を泳がせた。頭が混乱して、おまけに呼吸が苦しくなってくる。

「シズくん？」

様子のおかしい静秋に、久野の表情が険しいものから心配するようなものに変わる。大丈夫か、と手を伸ばされ、静秋は身をすくめた。

三好の母親のせいで掻き回されていた心が、写真のせいでさらにめちゃくちゃになる。浮き上がりそうになることはあっても、この六年でそれは決して水面に顔を出さなくなっていたのに。

——間違いない。神崎だ。あの傷痕を、自分が見間違えるはずがない。

伸ばした手を引っ込めて、久野が代わりに写真立てを手に取った。

「三好さんと知り合いだったのか？」

いいえ、と静秋は小さく首を振った。

「じゃあ、もうひとりのほう？」

ぐっと言葉に詰まる。これでは肯定したようなものだとあとになって気づいたが、もう遅い。久野がじっと静秋を見つめる気配がして、そのプレッシャーにみぞおちがキリキリ痛みはじめた。

「……手を止めてすみません。再開します」

吐き出すようにそう言うと、久野も静秋から視線を外す。写真立てを形見分けに分類し直して、久野が言った。

「気分悪いなら休んでもいいんだぞ」

いつか静秋が久野に言ったのと同じような台詞を久野が吐く。それに返事をせず、首だけを振って、静秋はまた黙々と仕分けを始めた。

——神崎友也。

ドッドッ、と心臓が痛いくらいに鳴っている。深呼吸を繰り返しても、治まりそうもない。なぜ、どうして、がぐるぐると頭の中を駆け巡り、思考を真っ黒に塗り潰していく。

いつもなら、マニュアルどおりロジックツリーを辿《たど》れば正解に行き当たるのに、今はそのツリーさえぐにゃぐにゃと歪んでうまく機能しない。すべてを廃棄に仕分けそうになり、ストレスにがしがしと頭を掻いていると、久野がまた話しかけてきた。

「シズくん、休憩しなよ」

「いえ、結構です」

「でもさっきから手、止まってるだろ」

責めるような口調に、ついカッとなる。手に持っていたペン立てを廃棄の段ボールに叩きつけるように入れる。ガシャン、と派手な音がして、よくわからない形の陶器のオブジェが割れた。

それで、もうダメだった。限界値を超えたダムのように、閉じ込めていたものが溢れ出す。

——神崎友也。

その名前で目の前が埋まっていく。

——かつて、静秋が愛した人。愛し合っていると思っていた人。

静秋は立ち上がると、無言のまま部屋を飛び出した。

「シズくん！」

久野が叫んだが、静秋は止まらなかった。止まれるはずがなかった。次から次へと溢れてくる涙を、久野にだけは見られるわけにいかなかったのだ。

アパートを出て、土地勘のない場所をひたすら走った。やがて河川敷にぶつかって、だらだらと垂れる汗を拭い、静秋はその土手に腰を下ろした。身体を縮め、零れる声を必死に抑えようとしたが、無理だった。泣いている静秋を、河川敷で遊んでいた小学生たちが不思議そうに見上げた。

どれくらいそうしていただろう。泣く体力もなくなって、ただ膝を抱えてじっとしていると、「シズくん」と呼びかける声がした。静秋をそう呼ぶのは、この世にひとりしかいない。

「探したぞ。帰ろう。仕事、橋本さんと丸岡さんに引き継いでもらったから」

無気力に視線を上げると、やさしい顔をした久野がいた。その顔を見た途端、ぶわっと羞恥に耳が熱くなった。

恥ずかしい。久野にみっともないところを見られてしまった。しかも、仕事を放り投げて、久野だけではなく、橋本や丸岡に迷惑までかけて。

「すみません」と静秋は小さな声で言った。

「いいよ」と久野が大きな手で静秋の頭を撫でた。そのまま久野も座り込み、サッカーボールを蹴り合う子どもたちを眺める。

「正直、ちょっと嬉しかった」と久野が言った。

「何がですか」と静秋は訊き返した。

「シズくんがあんなに感情的になるの、初めて見たから」

「怒らないんですか。仕事を放り出してこんなところでサボってるのに」

「いいんだよ、たまにはそういうことがあっても」

へらっと笑って、久野がごそごそと鞄《かばん》から缶コーヒーを取り出し、無糖のほうを静秋に渡す。静秋が甘い飲み物がダメなのを、久野はちゃんと知っていた。たったそれだけのことで胸が痛くなって、だが、それがどういう痛みなのか、静秋にはわからなかった。ただ、久野がへらへら笑うのは、あまり好ましくない、と思う。

「これ飲んだら、戻ります。久野さんは先に戻っててください」

「無理すんなよ」

「してません」

「っていってももう俺とシズくんの有休申請しちゃったし」

へらへら、へらへら。

落ち着きつつあった波が、またざわざわと騒ぎ出す。

「どうして放っておいてくれないんですか」

強い口調でそう吐き捨てる。すると、久野はじっと静秋を覗き込んで言った。

「好きだから」

はっと乾いた笑いが静秋の口から洩れた。

「元彼と似てるからですか」

「は？」

「聞きましたよ。お腹の傷、元彼に刺されたんだって」

久野の顔から一瞬、ふっと感情が抜け落ちた。だがすぐに、きゅっと口角が上がって元に戻った。

「叔父さんか」

「そうやってへらへらしてるからそんなことになるんですよ。そんなんじゃ誰も信用してくれるはずがない」

自分が嫌になる。こんなことを言いたいんじゃない。傷つけたいわけじゃない。だがどうしても、静秋は口を閉じることができなかった。

「俺だって、全然信用できない。あなたの〝好き〟は軽すぎるんですよ」

「軽いかな」と久野が訊いた。「コウにもそう言われたな」

困ったように笑って、お腹をさする。その態度が、また静秋の癇《しゃく》に障った。

本山が言うには、結構な傷だったらしい。本人も言っていたとおり、もしかしたら死ぬ可能性だってあったかもしれない。それなのに、なんでもないことのように笑う久野に、とてつもなく腹が立った。

右のこめかみの傷。写真に写っていた神崎も、笑っていた。何もかもを忘れたように。

「どうせあんたも、」と静秋は威嚇する獣のように息を細く吐いた。「俺のことなんて本気じゃないんだろ」

静秋の威圧的な声に、子どもたちが足を止めた。人前で何を言ってるんだ、とはっとして静秋は帽子を深く被り直した。

「似てないよ」と久野が言った。「あいつとシズくんは、全然似てない」

久野が立ち上がってパンパンとズボンをはたいた。

「行こう」と促され、静秋は気まずいまま久野のあとを追った。いつもなら隣を歩くのに、静秋の少し先を行く久野の表情は見えない。

「前にも言ったけど、シズくんのことさ」

振り向かないまま、久野が言う。

「最初はただ顔が好みだなって思ってただけなんだよな。かわいこちゃんとか言ってからかったりして」

返事をしない静秋を無視して、久野は続けた。

「それから、仕事をするようになったばかりの頃は感情のないロボットみたいだとも思ってた。ごめんな」

謝られても、そのとおりなのだから仕方がない。だが少しだけ、静秋は唇を噛んだ。

「それで、あまりにも冷めてるからさ、どうしてなんだって、実はシズくんのこと、少し叔父さんに聞いた」

立ち止まって、久野が振り向く。ああ、やっぱりな、と静秋も俯いて立ち止まった。静秋も久野のことを聞いたのだ。久野だって静秋のことを聞いていたっておかしくはない。本山は良くも悪くも、おせっかいで口が軽い。だから、久野のことは責められない。

「どこまで聞きました？」

含みのある言い方で訊ねると、久野は苦笑した。

「付き合っていた恋人が実は既婚者で、修羅場になった、くらい」

「その恋人っていうのがさっきの写真に写ってた神崎です」

察したように久野が黙った。

「関係がばれたとき、あいつは一方的に俺のせいにして、全部がこいつの妄想だって、ストーカーされてるんだって、俺を突き放したんです。しかも、奥さんは妊娠中だった。カッとなってスマホを投げつけて、傷害事件になりました。大学の友達にも両親にもばれて、大学はそのまま辞めました。俺の両親も外野と同じように頭が固くて、自分の息子がゲイだなんて受け入れられなかった。いや、両親だからこそ、かな。父親には家の恥だって詰られて、母親には大泣きされて、縁を切られて。よくある話でしょう？」

似たような経験をした同類は腐るほどいる。別に静秋だけが特別酷いわけではない。

ふっと自嘲すると、久野はぐっと眉間にしわを寄せた。

「よくある話かもしれないけど、シズくんにとっては自分事だろ」

「もう六年も前の話です」

「まだ六年だ」

痛ましいものを見るような久野の目に、静秋は言った。

「あなたがそれを言うんですか？」

「え？」

「あなただって、刺されてからそんなに経ってないでしょ？　それなのにもうお腹をさすって笑えてる。もうとっくに忘れてるから。違いますか？」

「それは」

「それで、そんなに早く忘れられるほど、やっぱりあなたはその人のこと、好きじゃなかったんですよ」

　どうせまた笑って誤魔化すのだろう。そう思っていた。しかし、真面目な顔で久野は首を振った。

「違う。忘れたわけじゃない」

「じゃあどうして俺に好きだなんて言うんですか」

　わけがわからない。それこそ同じことの繰り返しだ。元彼を忘れたわけではないのに、ほかの男を口説こうとするなんて。

「確かにあいつのことは本気で好きだった。刺されたあと、誰かに不安を抱かせるくらいならもう恋愛なんてしないって思ってた。だけど、シズくんと会って、叔父さんに話を聞いて、シズくんもあのときの俺と同じなんだって思ったら、堪んなくなったんだよ」

　――ああ。似てるんだよ、お前は。

　本山の言葉が蘇る。

「俺と同じ傷を抱えてるって叔父さんに聞いて、だからこんなに冷めた顔をしてるんだなって理解して、それから仕事をしたり抱き合ったりしてるうちに、見えなかったシズくんの細かい感情とか気づけるようになっちゃって、必死に自分を抑えて頑張ってる姿を見たら、もう堪んなかった」

――シズくんみたいな人を知ってるからかもしれないな。だから、放っておけない。

あれは元彼のことではなく、自分のことだったのか。

焦点が合うように、静秋はまっすぐに正面から久野を見つめた。

似ている、とは思えない。けれど、このへらへらした顔の奥に、静秋と同じような痛みを抱えていたのだとしたら。

「本気、なんですか」

「さっきからそう言ってる」

損な人だ、と静秋は思った。

ここまで言わないと、想い人に――静秋に信用してもらえないなんて。

そしてそれを理解したということはつまり、静秋はこのときになってようやく久野の想いを真剣に捉えはじめたということでもあった。

隠し沈めた過去の想いが溢れて、それと一緒に剥《む》き出しになった静秋の心に、それはとても直接的に、より深く、触れた。

誤解されるのも、仕方がない。直さない久野が悪い。そうは思うのに、しかし改めて久野に想いを告げられ、静秋の心は可能性に熱を帯びようとしていた。

だが、単純に喜んではいられない。浮き上がりそうになっていた心に、ふっと暗い翳が射した。

たとえ久野の想いを受け入れたとしても——久野ではなくとも別の誰かを好きになったとしても、それもまたいつかは冷めるのだ。あんなに愛し合っていたはずの神崎も、最後は静秋を手酷く裏切って去っていった。そしてあんな目に遭ったのに、子どもだってできたはずなのに、新しい男の恋人を見つけ、幸せそうに笑っていた。

久野だってそうだ。

元彼を本気で好きだったはずなのに、今は静秋を好きだと言う。きっといつか、今度は静秋を置いて別の誰かを好きだと言うのだろう。

「俺は……、」

足元が急になくなったような不安に襲われる。ひゅっと喉が引き攣れて、また呼吸が乱れていく。

「俺は……、俺には、無理です」

うん、と久野が頷いた。

「無理強いするつもりはない。あっ、でも、これからもガンガン恋人になってくれってアピールしていくつもりだけどな」

重苦しい空気が、冗談めいた言葉に霧散する。以前なら、また軽口を、とむっとしていたかもしれない。だが、静秋はもう知ってしまった。軽いようでいて、久野は決してからかってはいない。潰れそうになっていた静秋を、さらに自分が潰さないように、そっと引いてくれたのだとわかる。

「帰ろうか」と久野が言った。静秋は最寄駅に着いて解散するまで、久野の隣に並ぶことがどうしてもできなかった。


翌日、出社して本山に謝ると、もう久野から伝わっていたらしく、「しゃあねぇよ」と励ますように肩を叩かれた。

「だけど昨日倉庫に入れたリサイクル品の細かい仕分けはまだ残ってるからな。今日はそっちをやってくれ。……できそうか？」

「はい。大丈夫です」

言われたとおり倉庫に向かうと、先に久野が来ていた。

「昨日はありがとうございました」と頭を下げると、「多少は元気になった？」といつもの笑顔で訊かれた。

昨日、あれから悶々《もんもん》と考えてしまって、あまりよく眠れなかった。それも当然だ。六年前の衝動が、同じような大きさで静秋を襲ったのだから。今も気分は晴れていない。だが、心配してくれる久野にそれを言うのは憚られた。

はい、と頷こうとしたところで、久野の手が静秋の目元に伸びた。

「くま、できてる」

親指がゆっくりと静秋の頰を撫で、久野の視線が静秋の目に注がれる。顔が近い。このまま久野が屈めばキスできそうな体勢に、抱き合ったときの記憶が蘇る。

久野の唇の感触は、もう知っている。

もう二度とご免だ、と思う反面、どこか流されることを期待している自分がいる、と静秋が気づいて身をすくませたとき、「仕分け、始めようか」と久野が手を離した。

自分は久野とどうなりたいのだろう。

疲れ切った心を、誰かに慰めてほしいのだろうか。

慰める誰かが、久野がいれば、この心は癒されるのだろうか。

静秋は離れていった温もりを追いかけそうになり、小さく首を振った。


昨日運び込まれた三好の荷物は、倉庫の一番手前の棚に押し込まれていた。リサイクルと書かれた段ボールを引っぱり出し、作業台のほうに持っていく。そこでまた細かく、リサイクルショップに売るもの、バザーに出すものなど何項目かに分けていく。

本山に大丈夫だとは言ったが、三好の荷物など、見たくはなかった。嫌でも神崎のことを思い出してしまうし、動揺しない自信もない。そして危惧していたとおり、静秋の思考はついつい神崎のことで埋め尽くされた。

ふたりはどういうふうに出会って、付き合って、あの写真のように笑っていたのだろう。どうしてそれが自分じゃなかったのだろう。

　黙々と手を動かしていると余計に考えてしまい、静秋の顔はどんどん険しくなっていく。

「神崎さんのこと考えてる？」

　黙って作業をしていた久野が、窺うように眉を上げた。今さら取り繕っても仕方がないか、と静秋は不機嫌さを隠さずに頷いた。

「人のことを散々妄想癖のストーカー扱いして、奥さんを取ったくせに。また男と付き合ってるじゃないか、っていう」

「神崎さんに未練があるわけじゃないんだな」

「それこそまさかですよ。既婚者だと知った時点で冷めてます」

　選ばれなかった自分、選んでくれなった神崎。

　痛みを感じるのは、当時の「裏切られた」というトラウマを抉《えぐ》られるからだ。恨みこそすれ、そこにもう愛だの恋だのは存在する余地はない。

「そっか。よかった」

　さりげなく挟み込まれた久野の主張に、静秋の心臓が跳ねた。軽そうな口調なのに、覗き見た久野の表情にはほのかに熱が籠っていた。

　好きだ、と他人にぶつけられるくすぐったさ。

　この感覚には覚えがある。静秋は神崎と仲良くなったばかりの頃を思い出した。神崎の、照れの混じった、やわらかい微笑みを。

やはり久野は、静秋が押し込めていたものを暴いてしまう。バディを組んでから、ずっとこうだ。平坦に、乱されないように、静秋が気をつけて押し込めていた感情を強く揺さぶる。

なんと答えればいいかわからず、ぎこちなく段ボールを漁っていると、底のほうにリサイクルに回せないブリーフケースが入っているのに気づいた。取り出して振ってみると、カタカタと中身が入っている音がした。

「分別間違い？」と久野が手を止めて訊いた。

「みたいですね」

静秋はなんとなしにケースを開けた。傾けると、滑り落ちるように一通の手紙が出てきた。宛名は三好桐吾。裏返すと、そこには神崎の名前があった。身を切られるような鋭い痛みに、静秋は呻きそうになった。

「ラブレターかな」と久野が覗き込んだ。さすがに中を見るわけにはいかず、静秋は黙って作業台の隅にそれを置いた。

静秋がどんなふうに思っても、三好の母親から、知人用にも遺品を取っておくよう言われていた。あとで形見分けとして依頼人に渡さなければならない。長く細く息を吐いて何事もなかったように作業に戻ろうとすると、「あのさ」と久野が気まずそうに話しかけてきた。

「言おうかどうか迷ってたんだけど」

「なんですか？」

「写真立てを渡したときに、三好さんのお母さんから神崎さんのこと、ちょっと聞いた。知ってたよ、ふたりのこと」

「……へえ」

「息子さんとふたりで、挨拶しに来たんだと。一生添い遂げる気でいるから、自分たちの関係を認めてくださいって」

「神崎が？」

訝しげに眉をひそめた静秋に、久野が頷いた。

「三好さんはそのとき追い返しちゃって、それが最後だったって、後悔してた。神崎さんはちゃんとスーツを着てきて、名刺も差し出したって。塾講師だったみたいだよ」

「嘘だ。だってあいつはそんな誠実な人じゃ……」

世間体を気にして結婚し、それを独身と偽って自分の教え子と火遊びをしていたような男が、そこまでするなんて信じられなかった。たとえ男の恋人ができたとしても、カミングアウトするような人間ではなかったはずだ。それにそもそも、妻と子どもはどうしたのだ。彼女たちを捨てられなかったから、静秋を捨てたのではなかったのか。

「そんなの嘘だ」

「シズくん」と久野が真面目な声で言った。「変われるんだよ、人は」

「……俺とじゃ、ダメだったって言うんですか」

静秋の本音が、ぽつりと零れた。久野が左右に首を振った。

「そう思うかもしれないから言いたくなかった。でも違うと思うよ、俺は。シズくんのせいじゃない。いろんなことに対処できるほど、人間ができてなかった。それだけだと思う」

「三十も越えてたのに」

「経験値に年齢は関係ないからな」

やさしい言葉だ。だが、そう言われて納得できるほど、今の静秋も人間ができてはいない。選ばれなかった悔しさが、ぐるぐると渦を巻いて身体中を巡っていく。その吐き出し口を、静秋は久野に求めた。

「久野さんもですか？」

それ、と久野の腹を顎で指す。

「人間ができてなかったから、ですか」

意地の悪い気持ちで訊いたつもりだった。だが久野は、後悔とは違う何かをその顔に浮かべ、「そうだな」と力なく頷いた。

「コウのことは好きだった。でも俺はまだ自分のことばかりを優先する子どもだった。だからすれ違って別れることになった。それでもって、俺は今もできた人間だっていう自信はない」

謝罪、という文字が静秋の頭に浮かぶ。そしてそれは、静秋に向けてのものではない。久野は静秋の向こうの誰かを見ているようだった。

それを悔しい、と思う。しかしそう思ったのも束の間、久野はすぐに焦点を静秋に戻した。しっかりと目が合って、今彼が見ているのが静秋なのだとはっきりとわかる。

「でも、これからは間違えたくない。コウのことを踏まえて、間違えない相手をシズくんにしたいと思ってる」

左手が腹をさする。傷のある部分をじっと見下ろす久野の視線は、やわらかかった。

理解できない、と静秋は首を振った。

失ったのに、愛していたと胸を張って言える恋というのが。苦い過去を笑える神経が。

どうしてそんなふうに思えるんだ、と静秋が叫びそうになったタイミングで、「おーい、進んでるか」とシャッターを叩く音がして、見ると本山が立っていた。

「昨日の三好さんが、もし住所のわかる人がいたら、直接その人に形見を送ってくれって。つっても恋人くらいしか私物なんて分けらんないわな。送付先調べるのとか、その辺も任せるわ」

「ああ」と久野が手を挙げた。それから窺うように静秋を見た。

「大丈夫」と静秋は頷いて、隅に避《よ》けた手紙に手を伸ばす。

見覚えのある少し癖のある四角い文字。あの頃の出来事が洪水のように思い出されて、自然と眉間にしわが寄る。

「持っていったら？」と久野が言った。

「え？」

「形見。シズくんが直接神崎さんに持っていけばいい。幸いにも住所は手紙に書いてあるし」

「でも俺は」

「行かなきゃダメだ」

話してきたらいい、と久野は言う。

「今なら本音が聞けるかもしれない」

正気か？　と静秋はますます眉間のしわを深くして、久野を窺う。こんな状態の静秋を、哀《かな》しみに暮れているであろう神崎の元へ送ろうとするのはとんだ愚行だと、渦中の静秋にもわかる。

「でも、恋人を亡くしたばかりなのに」

「その気遣いができるなら大丈夫だろ。この機会を逃したら、シズくんはずっと後悔することになるんじゃないか？」

神崎が何を思って、静秋を捨てたのか。

おそらく久野の言うとおり、子どもすぎたからなのだろう。だったらもう結論は出ている。わざわざ訊きにいくことでもない。

首を振ろうとすると、その前に久野が言った。

「俺は、本人の気持ちを知れて、よかったよ」

「コウって人に、ですか」

「そう。寂しい想いをさせてたんだってこと、俺の気を引くためにわざと浮気したりして、でも本当は浮気したことを怒ってほしかったこと。想像はしてたけど、直接本人の言葉で語られるって、やっぱり違うから」

「聞いて、久野さんは許せたんですか」

「許すっていうか、受け入れられた、だな。嚙み砕くのには一年くらいかかったけど、今はもう笑って話せる程度には消化できてる」

話をしてこい、と久野はもう一度言った。

「俺はシズくんを救い出すことはできないし、それは俺がやることじゃない。シズくんは自分自身で、それを乗り越えなきゃダメだ。本当はわかってるだろ」

どうすればいいのか。ずっと抱えていたものをなくすためには。

大きな手が、静秋の背中に触れる。

「シズくんが受け入れられるの、待ってるから」

祈りのような懇願が混じっているのに、静秋は気づいた。

「俺が、神崎を殴ったとしても知りませんよ」

「殴りたければ殴ればいい」

「会社に迷惑をかけるかもしれない」

「大丈夫。社長がなんとかしてくれるさ」

「……自分がって言わないんですね」

「そんな権限、俺にはないからな。もちろん、全力で庇うけど」

いつもどおりの軽口に、ふ、と静秋は諦めを滲《にじ》ませて笑った。どうしても行かなければならないらしい。そうしないと、久野はいつまでも引かないだろうというのがわかる。

「神崎を殴るのはなるべく我慢します。でも、代わりに久野さんを殴ってもいいですか」

「どうしようもなくなったらな」

「わかりました」と静秋は降参のポーズでため息をつく。

手の中の手紙が、とても重い。

正直、神崎と顔を合わせて上手に話せる自信はない。

その不安が顔にありありと出ていたのだろう、久野が静秋の手をそっと握った。

「神崎さんのことにけじめをつけたら、俺が本当にシズくんを好きだってこと、理解してもらえると思う」

「え？」

「大丈夫。俺を信じて」

まっすぐな視線に、静秋はただ頷いた。

翌土曜日の午後四時、静秋はマグカップと手紙を持って神崎のいる町にやってきた。手紙に書かれていた住所は、三好桐吾のアパートから二駅離れた場所だった。スマホのナビを頼りながら、駅から十分ほど歩いたところで、ようやくそれらしいアパートを見つけた。

引っ越してなきゃいいけど、と不安に思いつつ一〇三号室のインターフォンを押すと、中から足音が近づいてきた。緊張で身体が強張る。

ここに来るまでに何度も頭の中でシミュレートしてきた。どういう反応をされても大丈夫なように決心してきたつもりだった。

だが、実際その場になると、やはり不安が先立つ。ドアスコープから、覗かれている気配がした。

そして数秒後、ドアが開いた。懐かしい顔がそこにあった。右のこめかみの傷痕。間違いなく神崎だ。静秋が覚えているより、少し太ったかもしれない。もう四十も手前で、目尻のしわも濃くなっていた。老けたな、と思った。

怒りがふっと胸に湧く。どうして自分を捨てたんだと、詰りそうになる。

だが、「静秋」と神崎が驚いたような声をあげて、泣いていたのだろう腫れぼったい目を無理やり見開くのを見て、怯んだ。

何をやっているのだろう、自分は。

静秋は水をかけられたように、その場に立ち尽くした。

「どうしてここに？」

どうしてここにいるのだろう。

ずずっと神崎が洟をすすった。泣くのを我慢しているらしく、喉仏が上下に何度も動く。

——ああ。これじゃ、怒れない。殴るなんてとてもできない。

「久しぶり」と静秋は引き攣れそうになる口角を無理やり上げて、言った。「遺品整理会社プルーフの杉嶋です。三好桐吾さんの件で、お伺いしました。このたびは、御愁傷様です」

「え？　遺品整理？」

事態が呑み込めない神崎が、戸惑った声をあげた。

「うん。今俺、遺品整理の仕事してるんだ。それで、今回たまたま三好さんのお母さんに依頼されて。まさか友也の彼氏だとは思わなかった」

これ、と持ってきた袋をぞんざいに渡す。

「形見分け。三好さんの部屋から出てきた」

袋の中身を確かめて、神崎はうっと嗚咽を洩らした。

「このマグカップ……っ」

何かを言いかけたが、次から次へと溢れる涙に、神崎はその場にしゃがみ込んで静かに泣いた。

好きだったんだな、と静秋は神崎を見下ろして、思った。胸が、きりきりと痛むのを感じる。

しかしそれは、神崎が自分以外を愛したことへの痛みではなかった。久しぶりに感じる、故人への想いの共感だった。

――可哀想に。

多分俺は、神崎に何不自由なく生きていてほしかったのだ、と静秋は気づいた。そうしたらきっと、幸せそうに笑っている神崎を見て、思いっきり罵ってやれたし、殴ることも厭《いと》わなかった。気の済むまで殴って、俺の受けた痛みはこんなものじゃないと喚《わめ》き散らすことだってできた。

それなのに、実際の神崎は最愛の人を失った。全然幸せそうに生きてなんていなかった。

自分のしている遺品整理がどんな仕事なのかということを、今さらながら静秋は思い知る。

数分ほどして、神崎が泣き止んで顔を上げた。玄関先にもかかわらず、静秋も神崎の隣にしゃがみ込んだ。

「三好さんのお母さん、後悔してたよ。認めてあげればよかったって」

声を出さずに、神崎はこくこくと頷いた。そして何度か深呼吸をしたあと、静秋をまっすぐに見つめた。

「僕も、ずっと後悔してた。静秋とのこと。だから、今度こそは間違えないようにしようって、本当に好きなやつのことは離さないようにしようって、だから、それ、なのに……っ」

その言葉で、十分だった。

「そっか」

「あのときは、ごめん。突き放して本当に酷いことを言った」

「いいよ」と静秋は首を振った。「俺もごめん。あのとき、思いっきりスマホをぶつけて。痕、残っちゃったね」

右のこめかみを指差すと、神崎はそれでもふっと笑った。

「いいんだ。自業自得だ」

「おあいこにしてくれる？」

おどけたように、静秋は笑った。まさか、再び神崎の前で笑える日が来るとは思わなかった。神崎が眩しそうに目を細めた。

「君は、ちゃんとやってるんだね」

「……うん。俺はもう大丈夫」

――大丈夫、と言ってくれる人もいる。

「若かったな、僕」

「俺もだよ」

言い終えて、静秋は立ち上がった。

「荷物も届けたし、帰るよ」

「ああ」

それ以上、かける言葉はない。神崎を慰めるのは、もう静秋の役目ではない。奥さんと子どもはどうしたとか、気になることもあったけれど、訊かない。それは神崎の問題で、静秋の問題ではなかった。

けじめはついた。

晴れやかな、とまではいかないが、ずっと抱えていた鬱々とした気持ちが、これでようやく手放せそうな気がした。


駅に戻ったところで、駅舎に入る前にクラクションが鳴った。音のほうを向くと、ロータリーに停まっている車の中から久野が手を振っていた。駆け寄った静秋に、久野はほっとしたようにため息をついた。

「どうしたんですか?」

「心配で早退して迎えにきた」

「心配って」

大丈夫だって言ったのは久野じゃないか、と呆《あき》れて肩をすくめる。だが、内心は嬉しかった。神崎と話しているとき、自然と思い浮かべたのは久野のことだった。

促され、車に乗り込むと、「どうだった?」とギアをドライブに入れながら久野が訊いた。

「泣いてましたね」

「そりゃあ、泣くだろうね」

「昔のことも、少し話せました」

「うん。ちゃんと言いたいこと言えたか？」

「はい。……久野さんが言ってたとおり、人間ができてなかったんだと思います、俺たち」

「シズくんは泣かないのか」

「泣きませんよ。あの人のことでは、もう散々泣きましたから」

神崎に裏切られ、親からも拒絶されたあのとき、涙は流し尽くした。これからは、良い涙も悪い涙も、違う人のために取っておく。

「モーニングワークって言うんだって」

ふいに、久野が言った。

「朝活、ですか？」

急になんの話だときょとんと訊き返した静秋に、久野は首を振った。

「喪の作業のこと。モーニングって、朝じゃなくて喪中とかのほうね」

「ああ」

喪の作業、という言葉なら、入社時に本山から教わった覚えがある。

大切な人を失った人間が、その哀しみを乗り越えるために必要な過程を指す心理学用語だ。喪の作業という格式張った言い方でなくとも、本山が再三言っていることだった。

哀しみの感情だけでなく、混乱や現実への怒り、現実逃避——そしてそれらを経て、失ったことを受け入れ、人は喪失を乗り越えることができる。哀しみにきちんと向き合うことで、故人を悼《いた》むようになれるのだ、と。

「研修のときに聞いた記憶があります」

「うん。その作業を間違えると、いつまでも哀しみから抜け出すことはできない」

真っ先に、さっき会ったばかりの神崎の姿が浮かんだ。神崎はこれから、その作業をしなければならない。それも、たったひとりで。

可哀想だと素直に思う。そしてそこに憎悪のひとかけらもないことを、静秋は嬉しくも、寂しくも感じた。考えてみれば当たり前のことだった。触れないように、動かさないように、静秋はいつもそれを忘れたふりで、その実意識し続けていた。そんなふうに自分の大半を占めていた部分が、ぽっかりとなくなったのだから。

「でもそれって別に、人の死に対してだけの話じゃないんだよ」と久野が続けた。「失恋や友人との別離も、モーニングワークを通して乗り越えられる。哀しみに蓋をしたままじゃ、いつまで経っても歩き出せない。シズくんはきっと、ずっとその哀しみに蓋をしてたんだろ」

俺の話だったのか、と静秋は真面目な久野の横顔を見つめて、思った。

身体の中心にぽっかりと空いた穴に、風が吹き抜ける。すうすうと寒々しい気もした。

だが、空いた隙間にまた新しいものを詰めていけばいいのだと、静秋はそのとき気づいた。

「久野さんが言ってた意味、少しわかる気がします」

「え？」

「けじめをつけたら、久野さんが俺を本当に好きだってわかる、って意味」

久野はきっと、静秋が何年も逃げ続けていた作業から逃げ出さずにすぐ向き合ったのだ。だから今、こうして新しく静秋という存在を自分の中に根付かせている。もはや久野の気持ちを疑う余地はなかった。

信号が赤になり、静かに車が停まった。ちらりと久野が静秋を見て、それからがしがしと自分の頭を掻いた。

「どうしたんですか？」と静秋が訊くと、久野はハンドルに凭《もた》れて、言った。

「シズくんの笑ってる顔、やっぱりいいなって」

「笑ってました？」

「ああ。すっごく可愛い」

今までなら受け流せていた言葉に、じわっと耳が熱くなる。久野の手が静秋に伸びる。

「キスがしたい」

してもいい？　と頬に触れた手を、静秋はそっと包んだ。ちゃんと許可を取る辺り、久野らしい。

静秋は自分の胸を見下ろした。

ぽっかりと空いた穴を塞ぐ何かを、自分はこれから見つけていかなくてはならない。そしてそのひとつが、久野であればいい、とも思った。

「いいですよ」

久野がちらりと信号を盗み見た。変わったばかりで、まだまだ青になりそうにない。

じっと見つめると、上唇をちゅっと吸われた。子どものようなキスに笑うと、久野はむっとしたようにがぶがぶと静秋の唇を食《は》んだ。おかしくて、でもどうしてか泣けてきて、静秋は滲みそうになる視界を瞬きでどうにか振り払う。久野がそれに気づいて、今度は静秋の目元に口づけた。くすぐったさに身を捩《よじ》ると、また唇にキスが降ってくる。くっついては離れ、そしてだんだんと深く長くなっていく。

こんな感覚、久しぶりだ。久野に注がれる愛情が、ただただ嬉しい。

そう思ったとき、プーッとクラクションの音が鳴り響いた。信号はもう青に変わっていて、久野が慌てた様子でアクセルを踏む。

スピードが安定した頃、もじっと座り直したのを見て静秋が笑うと、照れたように久野が鼻を擦った。

「ピュアでいられないな」

「大人ですから」

「なあシズくん」

「なんですか？」

「順番ちぐはぐになっちゃったけど、俺と付き合ってくれませんか」

「俺、今ものすごく弱ってるだけかもしれませんよ」

「うん。それでもいいから愛させて」

確信めいた、だがどこかまだ不安そうな久野の表情に、静秋はしっかりと頷いて、笑った。


気持ちを落ち着かせるために、いや、普通の会話を重ねてみたくて、久野の家に行く前に喫茶店に入ってお茶をした。

思えば久野とはデートらしいデートはしたことがなかった。付き合っていないのだから当然といえば当然だが、飲みにすらも行っていなかった。そのことを、過去の静秋は虚しく思ったのだと今ならわかる。

あのとき感じた失望。あれは、ふたりのあいだに何もなかったことへの寂しさだった。まともな関係を築いてこなかった自分への呆れも含まれていたかもしれない。

「シズくんとこんなふうにのんびりお茶できるなんてな」

さっきから久野は嬉しそうに目尻を緩めっぱなしだった。随分と浮かれているなと笑うが、当の静秋も大盛りのフルーツパフェを頼むくらいには浮かれていた。

「コーヒー、いつもブラックだから甘い物ダメなのかと思ってた」

「飲み物は甘いのダメなんですよ」

「俺の好きな飲み物、知ってる？」

訊かれ、静秋は考え込んだ。よくペットボトルでお茶を飲んでいるのは知っているが、あれが好きなのかというと、どうなのだろう。

「お茶？」と静秋は疑問系で答えた。

「ビールだよ」と久野が答えた。

「喫茶店で答える内容じゃないな」

静秋は肩をすくめ、ブラックコーヒーを飲んでからパフェのクリームを口に運ぶ。

「これから知っていけばいいよ、そういうのは、ひとつずつ」

それもそうだ。カフェオレを飲む久野を見つめながら、張っていた気が緩む。恋人というのが久しぶりすぎて、どうやって接していいのかわからず、いつの間にか緊張していたらしかった。

「俺は、一番好きなの、日本酒なんですよね」

「そうだったんだ。飲み会のとき飲んでるの見たことないな」

「みんなビールかカクテルだから」

「意外と空気読むタイプだ」

ふっと久野が笑って、さりげなく静秋のパフェを向かいから掬《すく》って食べる。食べたいのか、と静秋はパフェの入ったグラスを久野のほうに少しずらした。

「いいな。こういうことだよな」

「何がですか？」

「付き合うってこと。付き合ってなかったら、シズくん絶対今のシーン、怒るとこだよ。『やめてください』って」

静秋の真似なのか、久野が目を眇めて不機嫌そうに言った。

「お望みなら言いましょうか？」

すっとグラスを引き戻すと、久野が焦ったように静秋の手を取った。

「ごめんって！　冗談冗談」

掴まれた手の温かさに、胸がくすぐられる。

「久野さん、食べるの手伝ってください」

さっと手を振り解《ほど》き、静秋はスプーンを持ち直した。悲しそうな顔をした久野だったが、次の静秋の言葉に顔を綻ばせた。

「早く食べて、久野さんち、行きたい」


この部屋に来るのは、二ヶ月ぶりだ。

久野の告白を受け流してから、久野と寝るのはやめていた。

そのあいだ、今まで疲れると爆発しそうになっていた性欲は不思議なことに鳴りを潜め、だが、それでも少しムラッとした気持ちが立ち昇ることはたびたびあった。男なのだから当然だ。そんなとき、今までなら誰か適当に相手を探していたのに、最近は久野の顔を思い出し、アプリを開こうとした手が止まっていた。

だから、性欲が薄まったものだと静秋は思っていた。それが勘違いだったと、今わかった。

「久野さん」

玄関のドアを閉めて、一秒。靴を脱ごうとしていた久野の背中に、静秋は抱きついた。薄いシャツ越しに、久野の体温と匂いを感じる。それだけで、我慢していたものが壊れて溢れそうだった。

「シズくん」

久野は呆れていないだろうか。ついさっき想いが通じ合ったばかりだというのに、こんなふうに性急に身体を求めるなんて。

だが、心配は杞憂《きゆう》に終わった。久野はくるりと振り返ると、静秋の靴を無理やり脱がせ、そのまま引きずるようにベッドへと向かった。久野も我慢していたらしい。

激しいキスに、溺れそうになる。着ていた服をむしり取られ、下着までもベッドの下に投げ捨てられた。久野も、同じように裸になった。

「準備、してないんですけど」

静秋が言うと、久野は少し悩んでから、「とりあえず今はシズくんの身体を堪能したいだけだから。あとで一緒にシャワー浴びよう」と少し親父《おやじ》臭いことを言った。まさぐる手は止まらず、静秋の肌をやさしく撫でていく。

唇を吸われ、次は頬を、首筋を、鎖骨を。そして乳首を嬲《なぶ》るように舐められ、静秋は喘いだ。押し殺そうとした声は、しかし久野の手管で洩れ出てしまう。互いにいきり立った性器を押しつけ合い、

身体を前後に揺する。先端から垂れた先走りが潤滑油代わりになり、摩擦をスムーズにしてくれた。

最後に抱かれたときよりも、随分と興奮していた。それはきっと、久野が「好き」を隠さなくなったからだと、静秋は思う。

「シズくん、可愛い。ずっと言いたかった。抱いてるとき、気持ちよくなりすぎないようにって抑えてるのとか、それでも堪らずに洩れちゃった声とか。本当はずっと、可愛い、愛しいって言いたかったよ、俺は」

「そんな恥ずかしいこと、今言わなくても、」

「言えるようになったんだから、言わせてくれよ」

あー、可愛い。そう言って、久野が静秋をぎゅっと抱きしめて唇を塞いだ。胸同士がぴったりと重なって、心臓の音が伝わった。

生きている音だ。そう思った途端、神崎のことを思い出した。昼間、再会したとき、マグカップを抱きしめて泣いていた神崎。彼の傍には、もうこんなふうに生きて抱きしめてくれる人はいないのだ。

今まで出会った依頼人たちを思い出す。

それぞれの思いを抱えて、生きて、亡くなっていった人たち。

いつか自分もその中のひとりになるのだと思うと、聞こえているこの心臓の音が、とても尊いもののように感じた。いや、実際に尊いのだろう。

「久野さん、好きです。俺、あんたのこと、本当に好きだ」

そう言ってから、静秋は無性に泣きたくなった。鼻の奥がつんとして、顔を歪める。瞬《まばた》きをすると、ぽろっと目尻から涙が零れた。

「うん。ありがとう。俺も好き」

久野が即座に応えて、涙を拭う。やさしい手つきだった。

「知ってた」

静秋は微笑して、頷いた。

新しい恋が、ようやく始まる。


「ただいま戻りました」

「ああ、お疲れ」

今日の依頼は六十代男性からで、パートナーの男性が半年前に亡くなり、一緒に暮らしていたマンションを引き払うための遺品整理だった。

倉庫へ荷物を運び入れたあと事務所に戻ると、本山が渡辺とお茶を飲みながら談笑していた。仕事を終えた静秋と久野を笑顔で迎え、ソファへ促す。渡辺が肩をすくめ、席へ戻ってイヤホンを嵌めた。

それを見届けて、本山が下卑た笑みを浮かべる。

「さて、どうだった、今回の仏さんの性癖は」

「ガチムチマッチョな雑誌が多かったよ。パートナーさんも鍛えててムキムキの人だった」

久野が力こぶを作りながら答え、しかし依頼人ほどの筋肉はなかったと負けを認めるように項垂《うなだ》れた。そして隣に座った静秋におもねるように訊く。

「ねえ、シズくんもあのくらいマッチョなほうが好き？」

馬鹿な質問だ。

「……そんなに気になるなら、今度から社長も一緒に来たらどうですか」

久野を無視し、静秋が本山に言うと、「それは嫌だ」と本山ではなく久野が即答した。「俺はシズくんとふたりきりで仕事がしたいんだから、余計なものは遠慮する」

「おい、余計なものってのは俺のことか」

不貞腐《ふてくさ》れた本山に、ふっと静秋が笑った。

「最近、やわらかくなったわよね、杉嶋くん」と渡辺がイヤホンを嵌めたまま言った。やはり意味がないのでは、と静秋が久野を見遣ると、へらっとした笑顔を返された。

「俺の愛のパワーですよ」

臆面もなくそう言って、静秋の肩を抱く。はいはい、とそれを押し返していると、ほかの現場に行っていたスタッフたちも戻ってきた。

その中に橋本と丸岡もいて、「なんの話？」と会話に混じる。

「シズくんが最近やわらかくなったって話」

「ああ、確かに」と丸岡が頷いた。

「人間味が増した」と橋本も同意した。

「そうですか？」と白《しら》を切りながらも、静秋自身もそのことは自覚していた。

遺品整理の際にあれだけ拒絶していた「誰かに共感すること」から、逃げなくなっていた。未だにマニュアルに頼る部分はある。だが、故人の想いを汲もうとする努力を、静秋は手放さなくなった。

今では静秋も、おせっかいと言われることがたまにある。

そしてそれは、間違いなく久野のおかげだ。

「……あながち嘘でもないかもですね」

静秋が呟いたのを、久野は聞き逃さなかった。

気障《きざ》ったらしく、ウインクが飛んでくる。

「愛のパワー、だろ？」

静秋は今度こそ、声をあげて笑った。

セルフィッシュ・コンフェッション

順風満帆な人生だ。

少し前までを振り返れば、神崎友也《かんざきともや》はきっとそう答えていただろう。裕福な家庭に生まれ、見目も悪くなく、それなりに勉強もでき、周囲からの評判も上々だった。

ただ、思春期になると少しだけ問題が発生した。自分の性指向のことだ。

昔から、女の子を見てもなんとも思わなかった。可愛《かわい》いな、と思うことはあっても、それは猫や犬に対するものとそう変わらなかった。同級生が好きな女子の話をしても、何が面白《おもしろ》いのかすらわからなかった。そんなくだらない話をするよりも、その男友達ともっと遊びたかった。

中学に上がって、神崎は自分がゲイだと自覚した。隠さなければ、と強く思った。幸い、女子にはそれなりにモテていて、カムフラージュするために付き合うのにも、それほど苦労はなかった。

親は、彼女を家に連れてくる息子に呆《あき》れながらも、どこか嬉《うれ》しそうだった。

だから、これが正しい。

高校、大学と彼女をつくって、しかしその裏ではばれないようにひっそりと男と遊ぶことを覚え、乱れた性生活を送った。

どうやら自分には人の心を掌握する力があるらしく、どうすれば相手が自分に夢中になるのか、手に取るようにわかった。人は皆、思うがままだ。自分の手にかかれば、多少危険な遊びでも、うまくやれる。そう思ったし、実際うまくやっていた。

そんな火遊びは、結婚して妻が妊娠してからも続いた。

妻から妊娠を告げられ、戸惑いはしたが、子どもが生まれるのは喜ばしかった。それに、義務的なセックスをしばらくしないで済むのも、ありがたかった。女は抱けるが、頭の中に無理やり男を思い描いて目を瞑《つむ》らないと達せず、気が滅入ることだったのだ。

「それで、火遊びもとうとうやばいところまで来て、自分とこの学生に手を出しちゃったわけ？　あんた、最低な男だね」

はっと呆れたように鼻を鳴らしたのは、常連客として通っているバーの店員だった。自分と同じゲイで、だが本人はそれを隠さずに、新宿《しんじゅく》ではなく原宿《はらじゅく》の端にある、飲食店も少ないこの場所で働いていた。歳《とし》は二十代半ばで、自分より五つ以上は年下だろう。だが、彼の歯に衣《きぬ》着せぬ物言いが気に入って、この店に通っているうちに、いつの間にか話し相手になっていた。ただ、手は出していなかった。自分にも好みというものがある。彼はいかにもゲイという風体で、神崎の好みではなかった。

興味があるのは、もっと純朴で、あどけなさの残った青年だ。たとえば、狙いをつけて狩り獲《と》ったばかりの、新しい恋人のような。

「向こうに気がなかったら手を出さなかったさ。でも、会ううちに彼も僕のことを受け入れてくれたみたいだから、恋人になってあげたんだ。素直ないい子だよ。僕が全部初めてなんだって」

「うへぇ、やってること、気持ち悪い金持ちの爺《じじい》みたい」

「否定はできないな」

神崎は笑ってグラスの中のウイスキーを飲み干した。「何か適当に作ってくれ」と注文する。

「いつかバチが当たるよ」

新しい酒を作りながら、彼が言った。

「残念ながら、僕は神を信じていないんだ」

「あっそ」

ぶすっとした顔で、神崎の目の前にレモンの乗った黄色の液体を置く。

「これなんていうお酒？」

「アプリコットフィズ」

「へえ。飲んだことないな。アプリコットなんて可愛らしいもの、選択肢になかったよ」

「飲んでみたら意外と気に入ることもあるわ」

女言葉で、彼は言った。

「三好《みよし》くんは、これからもここで働くの？」

神崎が訊《き》くと、「どうして？」と訊き返された。

「いや、だって、もう二十代も半ばでしょ？　いつまでもフリーターみたいな仕事、続けていくわけにはいかないじゃないか」

「それはそうだけど。でも、アタシみたいな人間は、就職先が限られるからね」

肩をすくめて答えた三好に、神崎は言う。

「いっそ店を持てばいいのに」

「え？」

「そうだよ。三好くん、話聞くのうまいしさ、いつか自分の城を持てばいいんじゃないかな。店開いたら、僕が常連になるよ」

無責任な発言だ。だが神崎は半分本気だった。三好と話していると気が楽になるし、酒もうまい。たまに出てくる酒のつまみも、そこら辺にある居酒屋の適当な味よりも随分とマシだった。

「うん、いいアイディアだと思う」

アプリコットフィズを飲みながら、自分の言ったことに神崎は頷《うなず》いた。

「はいはい」と三好はまったく信じていないような素振りで、空いたグラスを洗いはじめた。流れる水の音にしばらく耳を傾けて、神崎はウイスキーのあてに出されていた甘ったるい生チョコを口に入れた。

「甘すぎるな」

「嫌いだった？」

不安そうに、三好が顔を上げた。

「いや、チョコの話。ウイスキーには合ってたけど、これにはちょっと」

「そう」

蛇口の水を止めて、三好は洗ったばかりのグラスを拭きはじめた。無言になって初めて、店に流れているBGMがクラシックだと知る。

「それ、飲んだらもう帰りなよ。奥さん妊娠中なんでしょ。早く帰ってあげなきゃ可哀想《かわいそう》」

急に突き放されたように言われ、神崎は現実に引き戻された。もう少しこの空間に浸っていたかったが、店員に怒られれば、帰らざるを得ない。

「わかったよ」と神崎は拗《す》ねたように頷いた。「これを飲んだらね」


「友也、あなた浮気してるんじゃないでしょうね？」

お腹《なか》も大分《だいぶ》ふっくらしてきた妻が、帰りの遅い神崎に向かって言った。

「まさか」と神崎は肩をすくめた。「教授の資料集めに付き合わされてるだけだよ。そんなに不安にさせたのなら、しばらく教授に言って仕事量を減らしてもらおうか」

少しの動揺も見せずにそう答えた夫に、妻は怯《ひる》んだ。

「ううん、そんなことしたら、あなたの立場が悪くなるでしょ？　ごめん、なんか、この頃苛々《いらいら》して……。あなたのこと、信用してないんじゃないの」

「仕方ないよ。妊娠中なんだから。僕も気遣ってあげられなくてごめんね」

神崎は腕を広げ、妻が抱きついてくるのを待った。数秒後、柔らかくて甘ったるい匂いのそれが、すっぽりと腕の中に収まってきた。

女の身体は、少しだけ怖い。

小さくて脆《もろ》くて、力いっぱい抱きしめたら、壊れてしまいそうだ。それなのに、その胎《はら》の中に新たな生命《いのち》を宿し、ふたり分の命を抱えて生きている。

正直、未だに自分が父になる実感などないし、覚悟もしていない。子どもができたら今ほど遊べなくなることを思えば、煩わしくもある。子どもができて嬉しいのは、両親の期待に応えられるからという、それだけの理由だ。

可哀想にな、と神崎は妻を抱きしめながら他人事《ひとごと》のように思った。

愛されていると思い込んで、自分のことを少しも好きではない男の子どもを命懸けで産むのだから。

「ねえ、最近してないけど、大丈夫？」

ふいに女の顔になって、妻が訊いた。ぎょっとして、神崎は彼女の身体を押し返した。

「大丈夫。自分で処理できるし、それにもし君とお腹の子に何かあったらと思うと、今は怖くてできないよ」

「そう？　いいパパね」

「本当はしたいけどね」

苦笑して、キスをする。ふと、先ほどまで一緒だった静秋《しずあき》のことを思い出した。数ヶ月前に付き合いはじめた学生の男の子だ。何もかもが初心《うぶ》で、神崎が一からすべてを教え込んだ。キスも、セックスも、事後の甘い睦言《むつごと》も、全部。

静秋といると、気分がいい。神崎の言うことはなんでも信じたし、思いどおりに動いてくれた。ちょっと甘やかせば満足したし、偶然妻が実家に帰っているとき、真夜中に「会いたい」と言われて会いにいけば、感動のあまり目を潤ませていた。

本当に、純粋で、無垢《むく》で、扱いやすくて可愛い子だ。身体も瑞々《みずみず》しく、張りのある肌と筋肉は、神崎を十分に満足させた。

次はどんなことしてあげようか。そう思って笑うと、目の前の妻が自分に向けられたものだと勘違いしたのか、「疲れてるでしょ。お風呂入ってるあいだにご飯温めておくね」と機嫌よくキッチンへ歩いていった。

もう食べてきたとは言えず、神崎は二度目の夕食を笑顔で平らげることになった。


「クリスマスイブ、どこか行かない？」

十二月も半ば、出勤前に妻が言った。

今年のクリスマスは平日で、大学はちょうど冬休み前の試験期間だ。神崎の講義は試験は設けない代わりに、簡単なレポートを出すようにしていた。その説明だけで講義は終えようと思っていたので、採点もないし、夜の予定は空けようと思えば空けられる。

「友也とふたりっきりで過ごす最後のイヴでしょ？」

「え？」

その言葉に、どきりとする。離婚の文字が頭に浮かび、何かミスをしてしまったかと心臓が跳ねた。

が、神崎が想像していたのとは違う答えが返ってきた。

「子どもが生まれたら外食もあんまりできないだろうし」

「あ、ああ。それもそうだ」

ほっとして、革靴を履く。

「ほら、パパお仕事行ってきますって」

腹を撫《な》でながら、妻が聞こえているかもわからない赤ん坊に言う。パパも、と言われ、神崎は恐る恐る妻の腹に触れた。不思議な感じだ。ここに人間がひとり入っているのが未だに信じられない。

「それで、大丈夫そう？」

「ん？」

「イブの予定」

「うん。大丈夫だと思うよ。よさそうな店、探しとく。食べたいもの、考えておいて」

「ありがとう」

嬉しそうに微笑《ほほえ》んで、頬《ほお》に唇が触れた。途端に、背筋に冷たいものが伝う。居た堪《たま》れなさと言い換えてもいいかもしれない。

「行ってきます」とそそくさと玄関を出て、神崎はぐいっと頬を拭った。

「それで、いい店知らないかな。できれば学生が来なさそうな感じの、お手頃なディナーが食べられる店」

「なんでアタシに訊くのよ。そんな店、知ってるわけないじゃん」

三好がシェイカーを振りながら、眉間にしわを寄せた。この店に来るのは一ヶ月ぶりだった。

「そう？　三好くんなら知ってそうだと思ったんだけどな」

「知らない。っていうか、それ、彼氏のほうは大丈夫なの？」

「大丈夫だよ。聞き分けのいい子なんだ」

ふっと笑って神崎は答えた。

「どうだか」と三好が鼻を鳴らした。「そういう子は、案外怒ると怖いと思うけど。ばれないようにしなよね」

神崎の左手に光る指輪を顎で指して、三好はシェイカーの中身をグラスに注いだ。綺麗《きれい》なピンク色の液体だ。それをカウンターの隅にいる客に出すと、再び神崎の話し相手に戻る。

「今日はこんなところでぶらぶらしてていいの？」

「妻は実家に戻ってるからね。妊娠を機に仕事も辞めたし、しょっちゅう実家には帰るし、いい気なもんだよ」

「ほんと、ダメだね」

「だろ？」

笑って肩をすくめた神崎に、三好の冷たい声が降ってくる。

「あなたのことよ。奥さん、つわりもあってしんどいだろうに、話を聞く限りそんな素振り見せてないんでしょ？　きっと頻繁に実家に帰るのも、しんどいときにあなたを頼れないからなんじゃないの？」

「それは」

楽しく酒を飲みにきたというのに、突然の説教にむっと顔をしかめる。三好の遠慮のない物言いは気に入っているが、今のような不機嫌な返しは求めていない。

しかし返す言葉もなく、神崎はスコッチを呷《あお》ると無言で財布を取り出した。礼も言わずカードを受け取った三好が会計を済ませるのを待つ。

カードと領収書を受け取って、店の扉に手をかけた、そのときだった。

「……銀座《ぎんざ》にあるキャリコ・シャってフレンチのお店。若いけど腕のいいシェフが切り盛りしてる。アタシの紹介だって言ったらまだ予約取れると思うから、行きたいなら行けばいいわ。銀座なら学生も来ないでしょ」

振り返ると、不貞腐《ふてくさ》れたような顔で、三好はシェイカーを洗っていた。神崎とは視線を合わせようとしなかった。

「ありがとう。助かったよ」

ほっとして、神崎は礼を言った。店のこともそうだが、気まずいまま帰らずに済んだのは、ありがたかった。


大学から帰ると、神崎はスーツから私服に着替えた。といっても、ディナーに行くのだから、ジャケットは必須だ。その上にポロコートを羽織り、妻が準備を終えるのを待つ。

神崎が用意したクリスマスプレゼントのブランドバッグに妻はご満悦のようで、鼻唄を歌いながら髪をセットしている。

ポケットの中で振動があり、スマホを取り出して確認すると、静秋からメッセージが来ていた。今日一緒に過ごせない代わりに、明日デートする約束をしていた。その待ち合わせの時間と場所の確認だった。

静秋と外で会うのは、初めてだ。大学の研究室や、彼の家に行くことはあっても、堂々と付き合える関係ではないため、いつものらりくらりとデートを避けていた。

しかし、今回ばかりはさすがに静秋の要望に応えないといけなそうだった。たまに餌を与えないと、拗ねられるのは経験上知っている。

さすがに二日連続同じ店を使うわけにもいかないし、知り合いに見られてもまずい。大学からかなり離れたところの、さして有名でもないレストランを予約しておいたが、ほんの少し億劫《おっくう》な気持ちが湧き上がる。

同じ大学の学生に見られたら、仕事を手伝ってもらったお礼だと誤魔化せるだろうか。クリスマスだからと勘繰られはしないだろうか。

「友也、準備できたわ。行きましょ」

ぐるぐると考えているうちに、妻の用意が整ったらしい。靴を履いて外に出ると、肌を刺すような冷たい風が神崎の頬に吹きつけてきた。ぶるり、と身震いする。

——ばれないようにしなよね。

三好の声がどこかから聞こえた気がした。はあ、と無意識についたため息は真っ白で、それを見た妻が「寒いね」と当たり前のことを言うのが、少しだけ鬱陶《うっとう》しかった。


イルミネーションが輝く銀座の街並みを行く人は皆どこか浮かれていて、隣の妻も豪華な食事を堪能して満足したのか、浮かれた人のひとりになっていた。

「どうせだから、ケーキもどこかで食べていかない？」

神崎の腕を取り、ぴったりとくっついて妻が言った。歩きづらいとは言えず、笑って頷きながら、スマホでパティスリーを検索しかけた、そのときだった。

「神崎先生！」

名前を呼ばれ、ぎくりと神崎は立ち止まった。先生、と呼ぶのは、勤めている大学の学生だけだ。しかも、親しげに声をかけてくるということは、文学部の可能性が高い。

恐る恐る振り返って、声のしたほうを見ると、もっと最悪なことに、よく静秋と一緒にいる一年生だった。目を見開き、神崎は慌てて周囲を見渡した。

そして。

ひとりだけ離れた場所で立ち止まる静秋と、目が合ってしまった。ショックを受けたように表情を強張《こわば》らせる静秋は、友人に手招きされて仕方なしに近づいてきた。

「こんばんは、先生。すみません、お邪魔して」

まさか、こんなところで遭遇するとは。一体どうしてイブに学生が、銀座になんて。

「杉嶋《すぎしま》くん、これは、」

言い訳しようとして、何も言えないことに気づく。この状況は、どうしたって詰みだ。あとで丸め込むとして、とりあえず今は妻の存在を隠さなければならない。まさか、静秋が自分との関係をここで暴露するとは思えないが、神崎にできることはこの場をすぐに立ち去ることだけだった。

しかし、呑気《のんき》に妻が挨拶をはじめてしまった。

「あら、学生さんかしら。夫がいつもお世話になってます」

しかも余計な情報まで加えて。

夫、という単語に、えっ、と驚きの声をあげたのは、静秋ではなかった。静秋は声すらあげられないようで、その瞳は見る見るうちに絶望に染まっていった。

「神崎先生、既婚者だったの!?」

「マジかよ！」

静秋の友人たちははしゃいで、妻をじろじろと査定するように眺めた。ただ、静秋だけが、「ええ……？」と戸惑いを隠さない声で呟《つぶや》いたのが聞こえた。ひやり、と汗がこめかみを伝う。どくどくと、心臓が不気味な音を立てていた。

「マナ、もう行こう」

急《せ》かすように神崎は言った。しかし妻は立ち止まったまま動こうとはしなかった。

「いいじゃない。せっかく話しかけてくれたんだから、ちょっとくらいお話ししても。ねえ？　大学では既婚者ってこと隠してるの？　この人」

妻が疑うような視線を神崎に向け、静秋たちに訊いた。

「別に、聞かれないし」と静秋たちが答える前に神崎は言った。

「まあ、俺らも神崎先生の私生活とかどうでもよかったしな」と静秋の友人が答えた。

「杉嶋も知らなかったの？　先生と仲いいじゃん」

ふいに、もうひとりの友人が静秋に話題を振った。

「へ？」

気の抜けたような声で、静秋が訊き返した。

「だから、神崎先生が結婚してたってこと。お前、知らなかったの？」

「ああ、うん。俺も、知らなかった」

ちりちりと視線が突き刺さるのがわかった。だが、神崎は静秋の顔を見られなかった。当然だ。見てしまえば、逃げられなくなる。じっと瞳で訊《たず》ね、答えを求めてくるに違いなかった。答える気は、神崎にはなかった。

どちらを取るかと言われれば、神崎は間違いなく妻を取る。

世間体、親からの期待、人並みの幸せ。理想的で人から羨《うらや》ましがられる、人生。

せっかく手に入れたそれらを、手放せるわけがなかった。

「女の子たちに言い寄られたりとかしてない？」

妻が訊いた。

「ええ～、どうかな」と静秋の友人が答えた。「でも基本的に大学では女子といるとこ見たことないかも。よく食堂横のカフェにいるけど、そのときはだいたいこいつと一緒だし。な？」

肘で小突かれ、静秋が頷いた気配がした。

「そうなんだ」

ほっとしたように、妻が微笑んだ。そのとき、ひとりが何かに気づいて「あれ？」と声をあげた。

「奥さんお腹大きくないですか？」

はっとして妻を見遣《みや》ると、いつものように腹をさすっていた。これでは妊娠していると言っているようなものだ。

妻がにっこりと微笑んで、きっと静秋が一番聞きたくないであろうことを、言う。

「そうなの。今、六ヶ月で。もうすぐパパになるのよ、この人」

神崎は、何も言えなかった。苦笑するほかなく、ただ黙って妻を眺めていた。

おえっ、とえずくような声がして、見れば静秋が前屈《かが》みになって両手で口元を押さえていた。

「おい、どうしたんだよ杉嶋」

怪訝《けげん》そうに、静秋の友人たちが彼の背中をさすった。

「大丈夫？」と妻が訊いた。

その瞬間、「うるさい」と静秋が低い声で威嚇《いかく》するように言って、顔を上げた。

まずい、と反射的に思った。

「え？」と驚いて訊き返す妻の手を取り、神崎はこの場から離れようとした。一刻も早く、逃げなければ。

――そういう子は、案外怒ると怖いと思うけど。

三好の声が蘇る。シャンシャンというベルの音が、どこからか神崎を追い詰めるように近づいてきていた。

「杉嶋くんは具合が悪そうだから、早く連れて帰ってあげてくれ」

「ああ、はい。おい、杉嶋、大丈夫かよ」

早く、早く、早く――、

――……逃げなければ。

「既婚者だったなんて聞いてない。友也さん、どういうこと？」

妻の足が、止まった。

その場の空気が凍りつくのがわかった。

ああ、もう駄目だ、と直感的に悟った。

──いつかバチが当たるよ。

また、三好の声が頭に響く。

「愛してるって言ってくれたのは、嘘《うそ》だったの？」

雪が降りそうなほど寒い十二月の夜なのに、どっと汗が噴き出す。

「どういうことなの、あなた」

震える声で、妻が訊いた。

何か、言わなければ。うまくこの場を逃れて、自分の立場を守らなければ。

そのためには、と静秋のほうをちらりと見遣る。憎悪の籠った目が、神崎を見つめていた。そこには微塵《みじん》も愛情は含まれていなかった。ただただ、殺気を込めた視線で、静秋は神崎を睨《にら》んでいる。

「違うんだ、マナ」と咄嗟《とっさ》に思いついた言い訳が口から零《こぼ》れた。「杉嶋くんには妄想癖があって」

「妄想癖？」

「そう。少し前、彼に告白されて断ったら、どうしてか彼の中では付き合ってることになってるみたいで、ストーカーされて困ってるんだ。だから、もう放っておいて行こう」

再び、妻を歩かせようと彼女の肩を抱く。

「最低だな」

静秋が泣きそうな声でそう呟くのが聞こえた。

ほんのわずか、罪悪感が胸に湧く。遊びだったとはいえ、静秋とは幾度も身体を重ねた。初心な彼が可愛くて、囁《ささや》いた愛の言葉は決して嘘ではなかった。

ただ、一番にはできないだけだ。

ばれなければ、これからも関係を続けていくつもりでいたし、いい恋人としてできる限り愛してやるつもりでいた。

だが、それももう無理だ。

神崎は自分の世界を壊せない。

仕事、妻と子ども、幸せな家庭。

他人が羨むような理想の男の姿を、手放すわけにはいかないのだ。

酷《ひど》いことをしている自覚はあった。だが、男と付き合うということがどういうことか、静秋はまだ子どもすぎて知らないだけだ。割り切った関係に慣れていかないと、彼もきっとこの先、生きていくのが大変だろう。これを教訓にしてくれればいい。

そうだ。自分は教えてやったのだ、静秋に。世間の厳しさというものを。

ふっと笑いが零れそうになった。その瞬間。

ゴッと鈍い音がしたかと思えば、こめかみに激痛が走った。思わずうずくまる。カシャンと音がしたほうを見ると、画面が粉々になったスマホが落ちていた。えっ、と驚いて痛むこめかみに手を遣る。ぬるりと生温かな液体が、べっとりと指に付着した。

きゃあ、とどこからともなく悲鳴があがった。妻の声ではなかった。視線を巡らせると、奇異なものを見るように、周囲の人間が皆、神崎を見つめていた。

「友也！」

妻が慌てたようにハンカチを差し出してきた。しかしその上から、覆いかぶさるように影が差す。きゃあ、ともう一度、今度は長い悲鳴が響いて、どんっと何かがぶつかるような音がした。気がつけば静秋が地面に転がり、数人に取り押さえられていた。妻に殴りかかろうとしたのを止められたらしい。

ぽたぽたと、血が滴って、ポロコートに落ちていく。それを見ていると、ふっと意識が飛びそうになる。

「救急車！」と誰かが言った。通りの向こうから、ピッピーとけたたましい警笛の音がした。

「くそ野郎、死ねよ！　死ね！」

クリスマスソングに混じって、静秋の呪いのような罵声が聞こえる。

「そこの女も、まとめて！　全員死ねばいい！」

悲痛な言葉たちは、神崎の意識が途切れるまで、寒空の下に響き続けていた。

それからの日々は、地獄のようだった。

神崎が意識を失っているあいだに静秋は警察に捕まり、事情聴取を受けたらしい。そこで洗いざらい神崎との関係を話したそうで、それを聞いた妻は目覚めた神崎に泣きながら説明を求めた。

それを認めるわけにはいかなかった。しかし、「違うんだ」と何度諭しても、妻の信頼はもう取り戻せそうにないほど、壊れてしまっていた。

そして感情が乱れたせいか、しばらく泣いたあと妻はお腹を押さえて急に苦しみだした。幸い病院だったこともあり、すぐに処置をしてもらい事なきを得たが、それを聞きつけた妻の両親がやってきて、「どういうことだ」と神崎を問い詰めた。そこでも同じように「違うんです」と言い訳を塗り重ね、神崎は被害者のふりを続けた。

被害届は、出さなかった。

静秋の両親が示談を持ち掛けてきたのもあるが、もし裁判になったとしたら、神崎の嘘が明るみになってしまうからだ。息子の醜聞《スキャンダル》を広めたくないという静秋の両親にはこの上なく感謝した。

「本当にあなたがストーカー被害者なら、きっちり裁いてもらったほうがいいんじゃないの？」と言う妻には、「まだ未来のある学生に前科はつけたくないから」とそれらしい言い訳をした。それを妻が本気で信じているとは思えなかったが、そう言うほかなかった。家ではほとんど会話もなくなり、針の筵《むしろ》に立たされているような日々が過ぎていった。

静秋は、あの事件のあとすぐ大学を中退したらしい。

冬休みに入ったこともあり、学生と顔を合わせずに済んだものの、ネットに暴露されるのではないかとびくびくエゴサをする日々がしばらく続き、憂鬱《ゆううつ》な気持ちで年明けを迎え、大学での講義が始まろうとする頃、学長に呼び出しを喰《く》らった。

「神崎くん、君がこの前辞めた男子学生と関係を持っていたというメールが同じ学科の学生から届いたんだがね」

じとっとした目つきで、学長は訊いた。

「まさか」と神崎は答えた。訊かれたときのことを何通りも考えて、どうすればいいか対処法は練っていた。

「確かに、仲良くしていた学生はいました。ですが、関係を持ったことは一度もありません。だって、そもそも男の子なんでしょう？」

「どうだろう」と学長はため息をついた。「最近では多様性だなんだとうるさいからねぇ。男子学生が被害に遭うことだって、考慮しないといけない」

ひくっと頬が引き攣《つ》った。

「……言いたくはありませんでしたが」

前置きをして、神崎は悲しそうな表情をつくると、神妙な面持ちで言う。

「実は、その学生に告白されて、断ったあとストーカーされていたんです。それで、僕に妻がいるとわかると、逆上して襲いかかってきて……。その場にいた彼の友人がそんな根も葉もないことを言っているんでしょうけど、まったくのでたらめです」

「そうなのか？」

「ええ」

塞がったばかりの傷口を押さえて、神崎は頷いた。それで、学長が信じたかどうかは、わからない。だが、「事情はわかった」と呟いて、学長はしっしと手を振った。

「勘違いさせるような態度は取らないように、今後気をつけてくれたまえ」

ほっとして、神崎は一礼したあと部屋を出た。

学長は事を荒立てたくないらしかった。だったら、この話はもうこれで終わりだ。この一件が原因で職を追われる心配もない。これですべてが片付いたのだ。学生の噂《うわさ》など、しばらくすれば別のことに気を取られて忘れられていくものだ。多少は好奇の目があるかもしれないが、そのたびにまた嘘をつき続ければいい。被害者のふりをすればいい。

「最低だな」

ふいに、静秋の声が耳を掠《かす》めた。ぎょっとして振り返るが、当然そこには誰もいない。

「恨むなよ」と神崎は独《ひと》り言《ご》ちた。

ずきりとこめかみが疼《うず》く。

「恨むな」

もう一度呟いて、目を閉じる。しかし、目を閉じると却《かえ》って静秋のあの絶望に満ちた顔が思い浮かび、冷や汗が滲《にじ》み出る。

一時のことかと思ったが、それ以降、静秋の影はどこにでも現れた。家庭でも、大学でも、どこにいても、ふとした瞬間、神崎のすぐ傍《そば》に、静秋は立っていた。まさか、自殺でもしたんじゃないかと不安になって、それとなく食堂で見かけた静秋の友人に訊ねてみたが、彼らも静秋の動向は知らないようだった。

蔑むような目で神崎を見つめる彼らは、礼を言って立ち去る神崎の背中に、「なんであいつも辞めないんだよ。変態なのに」とわざと聞こえるように投げかけた。そしてクスクスと嘲笑する。

「違う」と言いかけて、神崎はやめた。顔を上げると、静秋が憎悪の籠った目でこちらを見ていた。幻だとわかっていても、ひゅっと息を吞《の》む。それを振り切るように、神崎は足早に食堂を出た。

耐えられる、と思ったのは最初の一週間だけだった。

講義に出ると、学生たちの視線がやけにチクチクと肌に刺さった。気のせいだと思い込もうとしたが、自分が後ろを向いてホワイトボードに書き込んでいるときに、「先生、ゲイってマジですか？」と誰かがからかうような声で訊いた。

「講義に関係のないことは訊かないように」

淡々と答えたつもりだったが、それが却ってよくなかったらしい。

「杉嶋と不倫してたくせに」

教室中に聞こえる声で、誰かが言った。おそらくは静秋の友人だろう。その声は、怒っていた。振り返って声のしたほうを見ると、固まって座っている静秋の友人たちが、獲物をいたぶるような目で神崎を見つめていた。

それを見て、思った。彼らは静秋のことで怒っているのではない。いや、怒ってすらいない。ただ、静秋を盾にして正義を振りかざしているだけだ。目の前に叩《たた》いてもいいサンドバッグが転がっている。だから、叩く。そんな顔だった。

「辞めた学生を悪く言うことは避けたいですが、僕は被害者です。君たちも見たでしょう？」

訊かれるたびに口にした嘘を、吐く。

「杉嶋はストーカーなんてするタイプじゃないと思うけど」

「カフェであんなにイチャついてたのに、付き合ってないとか言われてもな」

「私も見た。〝ビーエル〟じゃんって思ったわ」

教室の中にいる全員の視線が、ねっとりと絡みつくように神崎を捉えている。

「そんな嘘ついて、杉嶋に悪いと思わないいんですか？　あいつひとりに罪を被《かぶ》せて、自分はのうのうと仕事を続けてるなんて、」

——最低だな。

そう言った人間の顔が、静秋に重なった。

こめかみが疼いて、傷口に手を遣る。

確かに、最低だ。自分は静秋を犠牲にした。悪いのはすべて自分なのに、静秋を悪者に仕立て上げ、保身に走った。

でもまさか、大学を辞めるとは思ってもいなかったのだ。

学部は同じでも学科は違うため、神崎の講義を選択しない限り、キャンパス内で会うことはほとんどない。年が明けたらすぐに、春休みに入る。そしたらすぐに二年次だ。そこで関係は途切れて、お互いに何もなかったように振る舞えばいい。

傷なんてすぐに癒える。若いのだから、きっとまた新しい恋をして、神崎のことなどあっという間に忘れていく。

そう、思っていた。

それなのに、静秋は大学を辞めた。両親と揉《も》めたのだろう。自分から辞めると言い出したのか、両親に辞めさせられたのかはわからない。

けれど、これだけははっきりしていた。

自分は、静秋の人生を壊したのだ。

「……っ」

ようやく、事の重大さが身に沁《し》みた。

静秋は一生神崎を許さないだろう。そして神崎も、きっといつまでも静秋を思い出す。

「僕は、」

言葉に詰まった神崎を、学生たちは面白そうに眺めていた。

そしてクリスマスイブから一ヶ月が経《た》ったある日。

仕事から帰ると、家の中は真っ暗だった。不審に思って灯《あか》りを点《つ》けると、ダイニングテーブルの上に、紙が一枚置いてあった。離婚届だった。

「なんで」

思わず出た呟きに、神崎はおかしくなって笑った。

なんで、なんて、訊かなくてもわかることだ。

この一ヶ月、ここは家庭などと呼べる場所ではなかった。ただ男女が同じ空間で寝起きしているだけの場所だった。

——いつかバチが当たるよ。

静秋ではなく、いつかの三好の言葉が脳裡《のうり》に響いた。

そういえば、しばらくあの店に行っていない。それどころではなかった。無性に、話を聞いてほしくなった。

三好は「だから言ったじゃない」と呆れた顔で言うだろうか。

離婚届に背を向けて、神崎はスーツのまま家を出た。電車に乗って、原宿へ向かう。

店の灯りが見えたとき、ほっとして久々に笑顔になった。ふう、と息をついて、額を拭う。真冬なのに汗を掻《か》いていて、ここまで自分が走っていたことを知った。

ドアを開けると、カラン、と安っぽいベルが鳴る。

「いらっしゃいませ」

すぐに、カウンターの中にいる三好と目が合った。しかし、彼は神崎を見るなりぎょっとしたように目を見開いた。どうしてそんな顔をするのだろう。何かおかしなところがあっただろうか。自分の身体を見下ろすが、至って普通だ。ダウンコートに、スーツに、革靴。いつもと変わりないラインナップだった。

だが、カウンターに腰を下ろした途端、三好が眉間にしわを寄せて、心配そうな顔をして近づいてきた。

「ちょっと、大丈夫なの、神崎さん！」

久しぶり、と挨拶をすることもなく突然訊かれ、困惑する。

「何が？」

「何がって、顔色、やばいよ。頬《ほお》もこんなにこけて……。それに、その傷どうしたの？」

三好の手が伸びてきて、神崎の前髪に触れた。心配そうな彼の表情に、全身の力が抜けていった。

ほっとする、というのは、こういうことなのだろう。張っていた緊張の糸がぷつりと切れて、いつの間にか神崎の目は潤み、もう少しで涙が零れそうになっていた。それを瞬《まばた》きで誤魔化《ごまか》す。

「聞いてよ、三好くん」

神崎はほかに客がいないことを確認してから、つらつらとこの一ヶ月の出来事を三好に話して聞かせた。三好は何を作っているのか、手を動かしながら、神崎の話を黙って聞いた。

「それで、さっき帰ったら、離婚届だけ置いて妻が出て行ってさ」

なるべく重くならないように、ははっと笑って言った。

「馬鹿《ばか》ね」と三好が独り言のように呟いた。

「馬鹿だろ。……君の言うとおりだった。バチが当たったんだよ」

否定も肯定もせず、三好はそっと手羽先煮込みを神崎の目の前に置いた。甘辛い醬油《しょうゆ》の匂いがすると思ったら、作っていたのはこれだったらしい。バーには不似合いなつまみだ。

そのあと、三好は注文も訊かず、当然のようにサーバーから中ジョッキにビールを注いで、神崎に手渡した。そしてもうひとつジョッキを取り出したかと思えば、並々とビールを注いでいく。綺麗な七対三の黄金比をつくりあげると、そのままそれをぐいっと呷った。仕事中に彼が酒を飲むのは、初めてのことだった。

「あー、美味《おい》しい。やっぱり日本人の口にはピルスナーね」

そう言ってカウンターを出ると、店の前の電飾のスイッチを切った。ドアに鍵をかけて戻ってきて、神崎の隣のスツールに腰を下ろす。

「いいのか？」と神崎は訊いた。「まだ開けたばかりだろ」

「いいのよ」と三好は答えた。「どうせここももうすぐ潰れるし」

「そんなに経営状態悪いの？」

「人通りの少ないとこだしね。税金対策に店長が道楽でやってたとこだから、そろそろ潮時」

「これからどうするんだ？」

「どうにでもなるんじゃない？」と軽い口調で、三好が言った。「選ばなければ、仕事なんていくらでもあるわよ」

「まともな就職先はなかなか見つからないって言ってたじゃないか」

「覚えてたの？」

ふっと笑って、三好はジョッキを空にした。そしてしばしの間を置いて、きゅっと唇を引き結んでから、言った。

「そうね。でも、夢ができたから、そのためにも頑張《がんば》らなきゃって思ってる」

「夢？」

今の神崎の心境とはかけ離れたきらきらと眩《まぶ》しい単語に、思わず怪訝な声が出た。

「自分の店を持ちたくなったの」

恥ずかしそうに、しかし決意の籠った目で、三好が言った。

「あなたが背中を押してくれたからね」とも言った。

――いっそ店を持てばいいのに。そうだよ。三好くん、話聞くのうまいしさ、いつか自分の城を持てばいいんじゃないかな。店開いたら、僕が常連になるよ。

「あ……」

無責任に言い放った自分の言葉を思い出し、神崎は息を止めた。後ろめたくなって、視線を伏せる。

それを見て、三好が苦笑した。

「なんて、ほんとは前から考えてたの。でも、勇気が出なくて。ひとりでやってけるのかな、とか、お金はどのくらいかかるんだろう、とか、失敗したら借金まみれになっちゃう、とかいろいろ考えちゃうとね」

三好が立ち上がって、またサーバーからビールを注いだ。

「でも、神崎さんが常連になるって言ってくれたとき、自然と新しい店に立つ自分が思い浮かんだの。だから、夢を追いかけてみるのもいいかなって思った。だから、ありがとね」

カンッとジョッキをぶつけ、三好はわざとらしくウインクした。それで、慰めてくれているのだと気づいた。

「そんなの、僕には礼を言われる資格なんてない」

ふるふると首を横に振り、拒絶する。

罪悪感で、圧《お》し潰されそうだった。自分はいつだって、無責任だ。三好のことも、静秋のことも、妻のことも、子どものことも、何もかも。

こんな状態になってもまだ、頭を占めているのは世間体だった。離婚するとなったら、両親にはなんと言えばいいのだろう。職場だってそうだ。きっと離婚がばれたら、静秋とのことを蒸し返されて、後ろ指を差されるに決まっている。

ぐるぐるとそんな考えばかりが浮かんで、そのあとにまた、ふと静秋の気配を感じるのだ。

——最低だな。くそ野郎、死ねよ！　死ね！

「いっそ叱《しか》ってくれよ。何やってんだって。馬鹿だなって、罵ってくれよ」

口をつけられないままのビールは、とっくに泡が消えていた。手羽先の湯気も、もう立っていない。

「誰かに責められて楽になりたいんでしょうけど、」

三好が言って、神崎の手からジョッキを奪った。それを一気に口に流し込んで、空にして、それからまた新しく新鮮な泡の立つビールを注ぎ直した。

「そんなぼろぼろになってるってことは、自分のしたことが悪いことだって理解して反省してるんでしょ？」

「それは……」

悪いとは、思っている。だがそれを対外的に認められない。認めるのが怖い。

力なく項垂《うなだ》れた神崎に、そっと三好の温かい手が触れた。

「そんな人を、これ以上責められるわけないわよ。そもそも、他人のアタシがなんであなたを責められるの。何かされたわけでもあるまいし」

「でも、だけど」

神崎は小さく首を振った。ここで三好に甘えてしまえば、また自分に言い訳して、静秋ばかりに責任を押しつけてしまいそうだった。

自分は悪くない。簡単に人を信じるほうが悪いのだ、と。

「馬鹿な人」

震える声で否定し続ける神崎を、三好が抱き寄せた。

「見栄っ張りで、口ばっかり達者で、自分のことが一番大事で、臆病で、」

ぽんぽん、と赤ん坊を寝かしつけるような手つきで、背中が叩かれる。

「だけど、アタシはそういう神崎さんのこと、嫌いじゃない」

顔は見えないが、三好が笑ったのがわかった。そしておそらく、三好が神崎のことを好きだということも。

「どうして」

そう訊いた神崎に、三好が観念したように言った。

「きっかけは、ちょっとしたことだよ。店に来た客にオカマだなんだって絡まれて困ってたときに、神崎さんが助けてくれたの」

——今どきゲイってだけでそんなに騒ぐの？ 君たち、どこの田舎から出てきたおのぼりさんかな？

確かに、言った覚えはある。

「だけど、それは……」

自分もゲイだから、同じゲイである三好をからかう連中にむかついただけだった。

「うん、わかってる。でも、嬉しかった」

「たったそれだけで」

「それだけで、気になっちゃったの。でも、恋ってそういうものでしょ？」

呆れたように三好がため息をついた。

「自分でも、ままならないの」

あやすように動いていた三好の手に、いつの間にかぎゅっと力が入っていた。ぴたりとくっついた胸から、速くなった心音が伝わってきた。

羨ましい、と神崎は思った。恋というものを純粋に語る三好が。

そして気づく。

自分は恋というものがわからないのだと。

いかに相手をうまく転がせるかばかり考えるのは、ゲームと同じだ。愛してる、といくら囁いても、それは自己満足に過ぎなかったのだと、思い知らされる。

静秋のことを、愛していると思っていた。ただ一番にはしてやれないだけで、自分は愛情を持っていると勘違いしていた。

自分の気持ちがままならないことなど、一度もなかった。

「謝らないと」

静秋に。それから妻に。

そう、強く思った。


静秋の両親は、二度と神崎と関わりを持ちたくないという意思が明確だった。その証拠に、示談の書類に書かれた住所は、静秋が住んでいたアパートのものだった。もうとっくに引き払われ、静秋に繋《つな》がるものは何も残っていなかった。

「教えてもらえなかったよ」

静秋の連絡先は事件のあとすぐにすべて消してしまったし、控えてもいなかったため、大学の学生課に行って、忘れ物を送りたいからと静秋の実家の住所を聞き出そうとしたら、すでに話が回っていたようで、拒否されてしまった。静秋の友人たちにも何度か訊きにいったが門前払いで、聞く耳さえ持ってもらえなかった。

「自業自得だね」

ソファに寝そべってテレビを見ていた三好から辛辣《しんらつ》な言葉が返ってきて、神崎はふっと自嘲した。

妻が出て行ってから、少しだけ悩んで、離婚届を役所に出した。

電話で妻にそのことを告げて、今までのことを謝罪すると、金輪際関わらないでほしいと冷たい声で言われてしまった。子どもの養育費だけは払うから、となんとか振込先を聞き出せたのはよかったが、おそらく生まれてくる子どもには一生会わせてもらえないだろう。神崎にできるのは、この先妻と子どもが不自由なく暮らせるだけの金を送ってやることだけだった。

あの日の夜、連絡先を交換した三好からメッセージが来たのは、つい三日前のことだ。

連絡も寄越さない神崎を心配して、家に行くと言って聞かなかったので仕方なく住所を教えると、トランクケースごとやってきて、そのまま居座ってしまった。神崎の調子が戻るまで一緒にいるという。

ひとりになると余計なことばかり考えてしまうから、三好の存在には本当に救われている。自分のことを好きだという男と一緒に暮らすのは妙な気分だったし、いつ迫られるかと最初の夜は気を揉んだが、三好はそれっぽい雰囲気を出すことすらせず、ただの友人のように振る舞った。

「どうするの、それで」

「興信所か何かで調べるしかないだろうな」

「そこまでする？」

ふっと笑って立ち上がり、三好は勝手に冷蔵庫を開けると、缶ビールを取り出して、開けた。神崎の分もプルトップを引いて開けてから、渡してくる。

「そこまでして直接謝らないと、静秋は許してくれない」

神崎はそう言って、ビールに口をつけた。水のように、がぶがぶと飲み下す。

「どうだろうね」と三好が肩をすくめた。「今さら謝ったところで、彼が許してくれるとは思えないけど」

「それでも」

そこまで言って、三好の言わんとしていることに気づき、神崎は口を閉ざした。

結局のところ、自己満足なのだ。謝って、許されたい。それは静秋のためではなかった。自分のためだ。

かあっと神崎は赤面し、残りのビールを一気に呷った。

「どうしたら静秋は許してくれると思う？」

恥を忍んで、三好に訊いた。

「さあね。アタシがもし同じことをされたら、謝られても許せないわね。でも、もし許せることがあるとしたら……」

「あるとしたら？」

縋《すが》るような眼差《まなざ》しで、じっと三好を見つめる。三好の目が、弓なりに細められた。笑ったのかと思ったが、彼の口から出てきたのは、思ったのとは違う、冷たい言葉だった。

「そいつがとことん不幸になった姿を見たときかな」

誰よりも惨めになって、もがき苦しむ様が見られたら、指を差して笑ってやるわ、と三好は言った。

至極当然のことだと神崎も思った。

「僕が不幸になったって知ったら、静秋は許してくれるだろうか」

「奥さんと別れたって知ったら、少しはせいせいするんじゃない？」

「君だったら？」

「アタシは、まだ足りないかもって思う」

いろんな人から後ろ指を差されて、精神を病んで、仕事も辞めて、一文無しになったら、そこでようやく及第点、と三好がさらっと恐ろしいことを言った。しかし、神崎はその言葉に思わず笑ってしまった。

「それなら、僕はもう少しで及第点だ」

そう呟いた神崎に、三好が笑みを引っ込めた。

「え？」

「もう、大学では僕と杉嶋くんの噂は広まってるよ。講義に立つたびに、変態だのなんだの学生たちからは罵声が飛んでくる。メンタルにだって結構来てる」

自分で言って、さらに気が滅入る。認めたくはなかったが、学生たちの声は、確実に神崎の精神を蝕《むしば》んでいた。

大学講師はある意味人気商売だ。受講する学生が少ないと上からお咎《とが》めがあるし、このまま噂が残り続ければ、来年度の受講生は確実に減るだろう。ここのところ、研究にだって身が入らずにいる。実績を上げないと、昇進するどころか最悪クビにだってなるかもしれない。

「僕が大学を辞めたら、さすがに静秋にも伝わるかな。友だちだって、きっと面白がって連絡するよな。そうしたら……、」

途中から声が震えた。

「少しは罪滅ぼしになるかな」

神崎は、疲れていた。

静秋が感じた絶望はきっとこれよりももっと大きかっただろうに、自分はもう逃げ出したくなっている。

カンッとスチール缶がフローリングの床に落ちて音を鳴らした。自分が落としたのかと思ったが、神崎の手にはまだ缶は残っていた。

ふいに、温かなもので包まれた。

「もういい。もうわかったから」

神崎を抱きしめて、三好が言った。

「静秋くんもきっとぼろぼろになったんでしょうけど、アタシから見ればあなただってぼろぼろなんだよ。離婚して、学生にも噂されて、もう、十分」

「君が言ったんじゃないか！　及第点にはまだまだ足りない」

仕事も辞めて、一文無しになったら。ついさっきそう言ったくせに、と神崎は三好を押し返して、鋭く睨んだ。睨んでから、やってしまったと後悔した。三好は悪くないのに、当たってしまった。

「それでも」と三好の手に力が入る。「アタシはもういいって言うわ。あなたが自分を傷つけて満足するなら、アタシはずっともう十分だよって言い続ける」

だって、と諦めたように、三好が言う。

「好きな人が傷ついてるのに、甘やかさないなんて無理」

「三好くん」

ああ、本当に彼は自分のことが好きなのだと、安堵《あんど》を感じた。こんな自分をまだ好きだと言ってくれる人がいることに、とてつもない安心感を覚えた。

このまま、三好を受け入れてしまえば、楽になれるだろうか。

彼に甘えて、慰められて、自分のせいではないと目を逸《そ》らし続ければ、なかったことになるだろうか。

ずきりと、傷痕が痛む。

忘れるな、と静秋が囁く。

「僕は、弱くて、卑怯《ひきょう》だ」

幻影から逃れるように、神崎は三好の身体を抱きしめ返した。


「きっとバチが当たったんだろうな」

三好が気に入って使っていたマグカップを眺めながら、神崎は誰にともなく呟いた。マグカップの横には、三好とふたりで写った写真と、小さな骨壺《こつつぼ》が置いてある。その中には、三好の喉仏が入っている。


三好がストーカーに刺されて亡くなったのは、一週間前のことだった。

あの夜、三好のスマホから電話が来たと思ったら、相手は救急隊員だった。緊急連絡先に登録されていたのが、神崎の電話番号だったらしい。慌てて病院へ向かったが、そのときにはすでに三好はこと切れていた。

翌朝三好の両親がやってきて、神崎は放心状態のまま彼らを迎えた。何を喋《しゃべ》ったのか、覚えていない。ただ、葬儀には来ないでくれと言われたことだけは、はっきりと覚えている。

理不尽だと思ったが、当然だとも思った。自分が母親の立場なら、息子の男の恋人なんて、親族が集まるであろう葬儀に呼べるわけがなかった。

だが、三好の母親は、葬儀の次の日、神崎を実家に呼び出して、小さな骨壺を泣きながら渡してくれた。「ごめんなさい」とも言われた。

だが、謝るのは自分のほうだ、と神崎は叫びたかった。

ストーカーされているのは知っていたのに、「大丈夫」という三好の言葉を鵜呑《うの》みにして、放っておいた。男なのだから、何かあってもやり返せるだろうと。

それに、半同棲《どうせい》状態だったのに、ここ最近は仕事が忙しいからと三好の店に迎えにも行かず、自分のアパートに帰っていた。もしあの日迎えにいって一緒に彼のアパートに帰っていたとしたら、こんなことにはならなかった。

いや、そもそも、六年前、三好の背中を押さなければよかった。店なんて無理だ、諦めてまっとうな仕事を探せと、言っておけばよかった。

もしくは、神崎が三好の手を取らなければ。

後悔してもしきれずに、塾講師の仕事も休んで、この一週間ずっと泣いていた。死んでしまいたい、とも思った。自分が死ねばよかったのだ、と。

そんなとき、インターフォンが鳴った。

三好が帰ってきたのでは、と馬鹿な妄想をして慌ててドアスコープから外を覗くと、そこにいたのは、かつて自分が手酷く捨てた元恋人だった。

久しぶりに見た静秋の顔は、幼さが抜けて随分と大人っぽくなっていた。

あれから、ずっと考えていた。

もし静秋に会うことがあったら、なんと言って謝ろうかと。自己満足だとはわかっていても、それがせめてもの誠意だった。

泣きながら謝罪した神崎を、静秋は笑って許した。

まさか自分が求めていた和解が、三好の死によってもたらされるとは、思ってもいなかった。

——忘れるな。

今度は、静秋の声でなく、三好の声がそう囁いた。

神崎は骨壺を膝の上に乗せ、懺悔《ざんげ》のように。言う。

「……ああ。一生忘れない」

忘れられるわけがない。

――僕に愛を教えてくれた人。

「桐吾《とうご》」

ぽとりと落ちた涙は、陶器の表面を伝い、自分の手のひらへと流れていった。

レット・イット・ゴー

生意気な子だな、というのが静秋《しずあき》の第一印象だった。

常に不機嫌そうに口角を下げ、自分とは目を合わせようともしない。ちらりと目が合ったかと思えば、すぐに逸《そ》らされる。顔立ちは涼しげで、地味だが整っているのにもったいない。

懐かない猫みたいだな、と思ったのを覚えている。

それでも、叔父である本山《もとやま》には仲良くしろと言われていたし、自分で言うのもなんだが、この容姿のせいで同性からの当たりが強いことにも慣れていたので、一緒に仕事をする上で困ることはなかった。またいつものか、と思うくらいだ。

だが、予想は大きく外れて、むしろバディを組んでからは、静秋を嫌だとは思ったことは一度もなかった。彼が仕事にはとても真面目だったからだ。

多少意見の相違はあれど、基本的には意地悪なことも言ってこないし、言いすぎたと思ったときにはフォローまでしてくれた。申し訳なさそうに、だけど素直になれずに淡々とした口調で言葉を紡ぐ様子には、庇護《ひご》欲をそそられるほどだった。

だからつい、からかったりもした。

自分でもやりすぎなくらいだとわかっているのに、静秋の反応が見たくて、必要以上に絡んでしまう。

思えばその辺りから、静秋のことは意識していたのかもしれない。

そしてあの雨の夜、静秋が見知らぬ男と一緒にいるのを見て、つい踏み込んでしまった。

おせっかいでここまでする必要はなかったのに、静秋の危うさを放ってはおけなかったのだ。

静秋は、かつての自分と似ている。

自暴自棄で、後悔だらけの、自分自身と。


「君、なんかノンケっぽいね」

初めて入ったゲイバーで、たまたま隣に座った男にそう言われて、久野《くの》はかあっと顔を赤くした。

その男が好みで照れたわけではなく、ノンケのように場慣れしていない田舎者と笑われた気がしたからだ。

だが、仲間内ではノンケっぽいというのが褒め言葉になることもある。どちらの意味で言われたのか確かめるために、久野は探るように男の顔を覗《のぞ》き込む。

「そう？　ここは初めてだから、ちょっと落ち着かなくて」

「あっ、違うんだ。よかった。迷い込んできた一般人かと思って心配しちゃった」

どうやらどちらでもなかったようだ。いや、どちらかといえば前者だったのかもしれない。

男はコウと名乗った。いわゆるアイドル系と呼ばれるような、華やかな顔立ちの青年だった。左目の泣きぼくろが印象的で、久野はまずそこに視線が吸い寄せられた。

少し酒を飲んで彼の話を聞いた限りでは、彼も久野と同じく出会いを求めてここを利用しているらしい。

「手が早い人が多くてさ、嫌になるよ。僕は恋がしたくてここにいるのに」

カクテル一杯ですっかり顔を赤くしたコウは、久野にしなだれかかりながらそう言った。ほんのりと漂う香水の匂いが、好みだった。

「そうなんだ。でも、わかるかも。俺も一夜限りの付き合いじゃなくて、恋人募集中なんだけど、なかなかできなくて」

久野が苦笑すると、コウはふっと肩を震わせて笑った。

「お兄さん、モテなさそうだもんね。女相手なら引く手数多《あまた》だろうけど」

確かに嫌味を言われているのに、どうしてか全然腹が立たなかった。それが動かしようのない事実だということもあったが、コウの軽やかな声のせいかもしれない。

「まあね」

久野は頷《うなず》いて、コウに訊《き》き返す。

「君は？」

「僕はねー、好みの人からは全然好かれずに、好みでもないどうでもいい人からよくアタックされるって感じ」

　そわっと胸が騒いだ。

「君の好みって？」

「ガテン系」

　値踏みするようなコウの視線が、久野の体を撫《な》でた。そしてまたふっと鼻で笑われた。

「お兄さん、仕事は？」

「残念ながら、インドアだ」

　そう答えて、自分も笑おうとしたけれど、久野は口の端が引き攣《つ》れるのを感じていた。好みではないと遠回しに言われたのが、思ったよりもショックだったようだ。

　だが、予想外に、コウはスマートフォンを取り出すと、それを久野にスッと差し出して、言った。

「連絡先交換しない？」

「えっ？」

　好みではないはずだろう、と首を傾《かし》げた久野に、コウが言う。

「気が合いそうだから、友達に、ね？」

「ああ、友達か。なるほど。うん、いいよ」

　そうして久野はコウ――橘《たちばな》 光矢《こうや》と友人になった。

　その頃は社会人になりたてで、大学の友人とも付き合いが減っていた。どうせ週末に会う人間もいないから、とコウとばかり遊んで同じ時間を過ごしているうちに、自然とそういう関係になるのは何も不思議なことではなかったと思う。

いや、久野のほうがそうなるように仕向けたというのが正しいかもしれない。

「好みではなかったはずなんだけどなあ……。魔が差しちゃったな」

「俺は好きになった人が好みだから。好きな人としか、しないから」

初めて身体を重ねた夜、気怠《けだる》そうなコウの身体を丁寧に清めながら、久野は人生で初めての告白をした。

一夜の過ちで済まそうと思っていたらしいコウは、久野の真剣な表情と言葉に、とても驚いていた。大きな二重の目が、パチパチと瞬《またた》きを繰り返す。

「マジか……」

「マジだよ。俺と付き合って、コウ。恋人にしてほしい」

「いい、けど……」

真っ赤になって布団に顔を埋《うず》めるコウのことは、今でも鮮明に覚えている。

それから、一年ほどは穏やかな日々が続いた。

久野にとって、コウは人生で初めての恋人だった。もちろん、関係を持った人間はそれなりにいたが、正式に付き合うのは初めてだったのだ。だから、浮かれてもいたし、大切にしようと心に決めていた。

ゆくゆくは同棲《どうせい》して、生涯のパートナーになりたいとも思っていた。仕事に支障が出ない程度に髪も明るくして、なるべく外に出て肌を焼いた。

コウの好みに近づけるように筋トレをして腹筋も割った。

お互いの誕生日にはプレゼントを贈り、クリスマスも一緒に過ごした。

コウは意外にも甘えたがりで、友人だったときよりもずっと久野と一緒にいたがった。会えない日は必ず夜にビデオ通話、今日は仕事で何をしたのか、どこに行ったのか、久野の行動をすべて把握しておきたいようだった。久野が知らない人と親しげに話すのをとても嫌がり、久野の会社の飲み会のあとは機嫌がすこぶる悪くなった。

束縛が強い、と言えばそうなのだが、久野はそれをコウの愛情だと捉えていたし、なんの後ろめたさもないため、明け透けにすべてを話した。それでコウが安心するなら、と。

明るく笑うコウに、久野は心底惚《ほ》れていた。くだらない話で盛り上がって、つまらないB級映画を観るのにもなんだかんだ付き合ってくれて、ふたりでなら楽しめた。

コウは太陽のような人だ。彼を抱きしめると、怒りとか疲れとか、そんなものはどうでもいいことだと思わされた。彼以上に自分に合う人間など、きっとこの世のどこにもいない。

久野のすべてはコウのために捧げられた。

——それなのに。そんな久野をあっさりと裏切ったのは、コウのほうだった。

待ち合わせをしていたバーで、先に来ていたコウが、久野の知らない男と舌を絡め合うほどの深いキスをしていた。

「は……？　何してるんだ？」

怒りに震える久野に、コウはにんまりと笑って言った。

「ごめんごめん、この人にアタックされちゃって。僕には彼氏がいるからって断ったんだけど、思い出にどうしてもキスしたいって言うからさあ。まあ、キスくらいなら別にいいでしょ？　挨拶みたいなものだし」

悪びれのないコウの表情に、久野は言い返す言葉を失った。

何も言えないまま、何事もなかったように振る舞うコウの隣に座り、モヤモヤした気持ちを抱えたまま酒を飲んだ。

自分の恋人が知らない誰かとキスをするなんて、久野にとっては一大事だ。浮気とも言える。だが、コウにとってはそうではないらしかった。

コウの浮気の線引きは肉体関係にあるかどうかで、キスやじゃれ合いは大したことではないのだろう。育ってきた環境や価値観も違うふたりだから、そこで揉《も》めるのは仕方ないのかもしれない。

だからこそ、そこを擦り合わせて落としどころを見つけるのが恋人同士に求められることだと、久野は怒りを押し殺した。

それに、そもそも告白は久野からだった。コウは好みでもない自分と付き合ってくれているのだ。

もしここで怒りを顕《あら》わにしてしまったら、「もういいよ」と呆《あき》れたように別れを告げられるかもしれない。

それだけは、嫌だった。

「コウの唇は俺だけのものだろ？　ほかの人にはあげないでくれ。頼むよ」

コウとの関係を長く続けていくためにも、感情に任せて声を荒げてはいけない。

キスは自分以外としたら駄目だと伝えもした。「わかった」とコウも了承した。

だが、コウはそれ以降も、久野に見せつけるように知らない男とキスを繰り返した。ある日は酔っていて覚えていない、と。またある日は罰ゲームだから、と。

そのたびに久野の顔色を窺《うかが》って、「許してくれるよね？」と微笑《ほほえ》むのだ。

そして久野が許すことで、コウのその甘えはますます増長した。

決定的な出来事が起こったのは、付き合いはじめてもう少しで二年が経《た》とうとしていた頃だ。

ある日、コウに呼ばれて彼の自宅に向かった久野は、その部屋で信じられないものを目にすることになった。

「あ、いらっしゃい、テルくん」

インターフォンを鳴らすと、すぐにドアが開き、コウの朗らかな声がした。

「遅くなってごめん。仕事が長引いて……」

部屋に入ろうとした久野の笑みは、一瞬にして引き攣った。

コウの部屋の奥に、見知らぬ男たちがいたからだ。しかもコウを含めた全員が裸だった。

「ええ……？」

間抜けな声が、口から洩《も》れた。

「コウ、それが例の彼氏？」

半笑いの男が訊く。

「そうだよ。可愛《かわい》いでしょ」

「何してんの……？　えっ、なんでみんな裸なの？」

久野のその質問に、その場にいた全員が爆笑しはじめた。久野にはわけがわからなかった。

どうしてこいつらは笑っているのだろう。なんにもおかしいことはないのに。

「なんでって、そんなの、ひとつしかないだろうが」

一番ガタイのいい男が答えた。

そんなことを言われても、わかるはずがなかった。

自分の中で何かが崩れるような音がして、久野はうずくまった。しかし視線はしっかりと裸の男たちを見つめていて、その異様な光景に吐き気を催した。

「おえ……っ」

えずいた久野を見て、笑い声がさらに大きくなる。

「お酒飲んできたの？　大丈夫？」

コウが心配そうに久野の背中を撫でた。

ぞわりと、鳥肌が立つ。

愛《いと》しい人の手のはずなのに、得体の知れない化け物のような気配に、久野はその手を振り払った。

「え？」

驚いた顔でコウが久野を凝視した。そして見る見るうちに泣き出しそうにその目が潤んでいく。

「テルくん、怒ってる……？」

「あ……」

反射的に、コウの頬《ほお》に手を伸ばした。しかし、その後ろにいる男たちの姿が視界の端に映り、久野の手は止まった。

「……ごめん」

久野はそっとコウの身体を押し返すと、立ち上がって踵《きびす》を返す。

「今日はもう帰るよ」

「ちょっと、テルくん……！」

引き止めようとするコウの手を、久野はもう一度振り払った。早足で階段を下り、アパートをあとにする。

怒っているかと訊かれれば、怒ってはいなかった。

ただただ、混乱していた。

あの男たちは一体なんだったのだろう。コウはどうして裸だったんだろう。

ゲイ（コウの知り合いだからおそらくそうだ）が集まって裸ですることといえば、いかがわしいことしか思い浮かばない。

しかしそんなところに恋人である久野を呼ぶだろうか？　いらっしゃいなどと、笑顔で言えるものだろうか？

コウの考えていることが、わからない。

わからないから、怖い。

あんなことをして、コウはまだ久野が許すと思っているのだろうか。キスすらも許せない狭量な久野が、ほかの男の前で裸になるのを許せると？

「はっ」

思わず失笑が溢《あふ》れた。

もしかしたら付き合っていると思っていたのは自分だけかもしれない。コウはずっと久野に物足りなさを感じていたのかもしれない。

先ほどのガタイのいい男を思い出す。

——君の好みって？

——ガテン系。

コウの好みは、まさに彼のような男なのだろう。それを久野に見せつけて、反応を楽しんでいたと言われれば信じてしまいそうだ。

いや、おそらくそういう意図に違いない。ほかの男とキスしているところをわざと見せつけるなんて趣味の悪いこと、久野がどういう反応をするのか楽しむ以外の理由が思いつかない。

プルルッとポケットに入れていたスマホが鳴った。確認するまでもなく、コウからだろう。

久野はふらふらと夜道を歩き、駅へと向かった。そのあいだにも、何度もスマホが震えた。それが煩わしくて、電源を切った。

電車に乗って自宅へと戻ってようやく、久野はスマホの履歴を確認した。やはりすべてコウからで、着信は五十回を超えていた。

留守電も入っていたが、それを聞くのが怖かった。

別れを告げられるのではないだろうか、とか、怒っていたらどうしよう、とか。

だが一番嫌なのは、コウが泣いていることだった。泣いてまた「許して」と乞《こ》われたら、自分は許してしまうかもしれないのだ。

その異常さに、久野はとっくに気づいていた。ただ気づかないふりをしていただけだった。

あれだけ嫌だからやめてくれと言ったほかの男へのキスも、本来ならば許してはいけない行為だ。久野が許すから、久野が怒らないと舐《な》めているから、コウは同じことを繰り返す。

今度こそ、間違えてはいけない。

嫌なものは嫌だと、あんなふうに笑って誤魔化すようなことはしないでほしいと、きちんと話し合わなければ。

久野はひとまずシャワーを浴びて、気持ちをリセットすることにした。

あれがなければ、コウは本当にいい恋人なのだ。明るくて、やさしくて、時に可愛らしく、時にかっこいい、自慢の恋人。

だから話し合えばきっと、自分の気持ちもわかってくれる。

シャワーのあと、久野は留守番電話を確認した。

『テルくん、どうして電話に出てくれないんだよ』

洟《はな》をすする音と共に、コウが震える声で言っていた。泣かせてしまったことに、良心が痛む。しかし、流されてしまえばこれまでと何も変わらない。

『捨てないで、僕にはテルくんだけなんだよ』

切実な声が耳に響いた。とても嘘《うそ》には聞こえなかった。そのことにはっとする。

あんなことをしても、コウの心はまだ自分にある。嫌われているわけではないのだ。いたずらの度が過ぎただけなのだろう。

深呼吸をしてから、コウに電話をかけ直した。コール音が鳴る前に、コウは電話に出た。

『テルくん、ごめんね』

開口一番、涙声でコウが言った。

「……どうしてあんなことしたんだ?」

低い声で、久野は訊いた。

『テルくんに構ってほしくて……』

「あんなことしなくても、俺はコウを大事にしてるだろ？」

『ごめんなさい。でも、僕、』

「俺の何が足りなかった？　コウのために身体も鍛えたし、コウの好きな髪型にもしただろ？　仕事以外はほとんどコウと一緒にいるしさ。これ以上俺はどうすればいい？」

矢継ぎ早に言った久野の言葉に、コウは口を閉ざした。ただ押し殺したように洟をすする音だけが聞こえてきていた。

「なあ、コウ。俺は君のことが好きだよ。愛してる。でもな、」

ここまで、言いたくはなかった。だが、言わなければ気づかれない。

だから久野は胸を痛めながら、言ったのだ。

「何度もあんなことをされたら、コウのこと、嫌いになりそうだよ」

『……っ』

その瞬間、ブツリと通話が切れた。

ショックだったのかもしれない。だが、コウが受けたものより何倍も、久野は傷ついていた。その痛みをコウにも知ってほしかった。

これで反省してくれればいいけど、と久野はため息をついてベッドに向かった。精神的にも、身体的にも、酷《ひど》く疲れていた。嫌なことから逃れるように、目を閉じる。

朝になって、目が覚めたら、すぐにコウのところに行こう。お互いの気持ちをきちんと伝え合って、仲直りしよう。

こんなふうに傷つけられても、未だにコウのことは嫌いになれないのだから。

久野は睡魔に引きずられるように、意識を手放した。

眠りについてからどのくらい経っただろうか。

カタン、と玄関のほうから物音がして、久野は目を覚ました。

辺りはまだ真っ暗で、街の気配もしんとしていた。スマホで確認すると、深夜二時を過ぎたところだった。

眠い目を擦《こす》りながらベッドから起き上がり、物音のしたほうへと向かう。廊下の灯《あか》りを点《つ》けたのと同時に、玄関の扉がわずかに開いた。

鍵を閉め忘れていたのだろうか。だが、ドアチェーンはしてある。たとえ泥棒でも入ってはこられないはずだ。

息を殺して様子を見守っていると、か細い声で、名前を呼ばれた。

「テルくん」

コウの声だった。

久野は慌ててドアチェーンを外して、扉を開けた。

「コウ？　いつからここに……」

こんな夜中にひとりで外にいるなんて、女性じゃなくても危ない。早く部屋の中に入れないと、と思った矢先の出来事だった。

ドスッという鈍い音と共に、コウが久野の胸の中へと飛び込んできた。

「え……？」

呟《つぶや》いた瞬間、カッと腹部が熱くなった。それからじわじわと痛みが広がっていき、コウが離れたあと、そこに刺さっているナイフを見て、久野は悲鳴をあげた。いや、正確には、あげようとした。声を出そうとした途端、激痛に呻《うめ》くことしかできなかった。

「う……、あ……っ」

「テルくんが悪いんだからね」

いつの間にか床に転がっていた久野を見下ろして、コウが言った。

「僕をっ、嫌いなんて言うから……っ!!」

嫌いになる、とは言ったが、嫌いだなんて言っていない。

違う、誤解だ、と小さく首を振ったが、コウは意味のわからないことを喚《わめ》くばかりで、久野のほうなど見もしなかった。

「コウ」

指の隙間から、生温かい血がどんどん溢れてくる。もう夏も近いというのに、寒くて仕方がない。

振り絞って呟いた名前に、ようやくコウと視線が合う。

「嫌いになんて、なってないよ」

紡いだ言葉が、聞こえていたかどうかはわからない。久野自身にも、聞こえなかったから。

「ああ……、ああ、あああああああっ!!」

静かな夜の空に、コウの悲鳴が響いた。

ぼやけていく視界の中で、コウが見たこともないくらいぐしゃぐしゃの顔で、泣いていた。


「愛着障害っていうんだと」

傷は塞がったものの、未だズキズキと鈍い痛みを抱えたままだ。入院は一ヶ月以上になるということだった。

久野はベッド脇に座っている叔父が言った言葉に、首を傾げた。

「それの、試し行動ってやつらしいぞ」

「コウの話?」

「ああ。お前がどうしてもって言うから、お咎《とが》めなしになったがな、きちんとした精神科で診てもらうことになったそうだ」

叔父曰《いわ》く、コウのあの一連の行動は、久野の愛情を確認するためだったらしい。

どの程度なら、久野が許してくれるか。怒らないか。わざと困らせるようなことをして、久野の注意を引いていた。

それによって、久野の愛情を測っていたという。

ほかの男とキスをしても、コウが許すから、さらに行動はエスカレートした。

そういうことらしい。

「……俺が、もっと早く気づいていれば、コウを追い詰めなかったかもしれない」

違和感は、あったのだ。コウの行動が異常だということに、久野は気づいていた。それなのに、好きだからと甘やかして、きちんと向き合ってこなかった。

「うーん……」

叔父が苦笑して、頬を掻《か》いた。慰めの言葉は降ってはこなかった。

「たとえそうだったとしても、もうあいつとは別の道を歩んだほうがいいだろうな」

「でも、俺は、」

それを遮って、叔父は言った。

「お前といると、あいつはずっと罪悪感に縛られて生きることになるぞ。お前の腹の傷を見るたびに、死にたくなるかもしれない。そもそも、お前とあいつは相性が悪い。お前は昔から人を甘やかす癖があるし、怒ってもなかなか態度に出さないだろ。そういう人間は、依存されやすいんだよ」

そう言われれば、久野は何も言い返せない。

自分でも、わかっていた。ふたりのあいだには、取り返しのつかない溝ができてしまった。この先一緒にいたとしても、いつかこの傷のせいで、コウを責めてしまうことがあるかもしれない。それが想像できないほど、久野は愚かでもなかった。

けれど、それでも、と思う。

それでも、久野はコウを恨んではいなかった。もっと言うならば、未だに愛している。泣いているのなら、慰めにいきたいし、大丈夫だと言ってやりたい。

「……輝之《てるゆき》。ちゃんとけじめをつけなさい」

いつもヘラヘラした印象の叔父が、いつになく真剣な顔で言った。

「今はまだ気持ちの整理がつかなくても、ちゃんと自分の心と向き合うことで、いつかは懐かしい思い出になる」

そんなことを言われても、受け入れられるはずがなかった。

腹の傷も、まだこんなに痛い。胸だって、引き裂かれるように痛い。

陰鬱《いんうつ》な表情で返事もせずにいると、叔父がふいに声のトーンをひとつ上げて、訊いた。

「モーニングワークって知ってるか?」

「モーニングワーク?」

聞いたことのない言葉に、久野は眉を寄せた。

「俺が遺品整理会社やってるのは知ってるだろ? そんで、モーニングワークってのは、大事な人を亡くした人間が立ち直るまでの心理過程のことを言うんだよ。日本語だと、喪の作業」

「それが？」

「これは、何も死者に対してだけじゃない。生きてる人間同士の別れにだって通じる。お前はまだ第一段階なんだよ、輝之」

だからなんだと言うんだ。そう思ったのが、声に出さずとも伝わったらしい。叔父は「だよなあ」と困ったように笑って、椅子から立ち上がった。

「ま、簡単に納得できることじゃないだろうけどな。少なくとも俺は可愛い甥《おい》っ子の味方だし、親に頼れなかったら遠慮せず俺に相談しろよ」

そう言って、名刺を置いて去っていく。

「遺品整理会社プルーフ、か……」

叔父がどんな仕事をしているかなど、まったく興味がなかった。遺品整理と聞いたことはあったが、大変そうとしか思わなかった。

仕事のことを思い出して、久野は、はあ、と深いため息をつく。

この事件のせいで、久野の会社にはいろいろとばれてしまった。怪我《けが》が治っても、復職は難しいかもしれない。

ちらりと叔父の名刺を見る。

「まあ、頼れって言われたし、いざとなったら雇ってもらおうかな」

ふっと失笑した途端、腹が引き攣れて鈍く痛んだ。

でもまさか、その一年後、本当にプルーフで働くことになるとは、このときの久野は思ってもいなかった。


「なんだよ、これ」

朝食を買いにコンビニに行って戻ってくると、不機嫌な顔の恋人が待ち構えていた。

「これって何？　なんでそんなに怒ってるんだよ、シズくん」

首を傾げて久野が静秋の手元を窺うと、そこには真っ白な封筒が握られていた。

宛名は久野輝之。差出人は――橘光矢だ。

「あっ」

懐かしいものに、久野は目を瞬いた。

そこに書かれているのは、コウの謝罪文だ。二度と会うことは叶《かな》わなかったけれど、最後にお互いが、手紙を送り合ったのだ。

「これって元彼の名前だろ？　なんで大事に箱の中にしまってあるんだよ。まさか、まだ未練があるとかじゃないよな？」

不満そうに、静秋は唇を尖《とが》らせる。その焼きもちが可愛くて、久野はちゅっとそこにキスをした。

「あのさあ、俺は真面目に訊いてるんだけど？」

静秋が久野を押し返し、険しい顔になる。

その手紙を「懐かしい」と思えたことが、久野にとってどれほどのことか、静秋は知らないのだ。

はっきりと、喪の作業の完了が、過去の自分から告げられた気がした。

「まあまあ。それはね、俺のモーニングワークなんだよ。昔々あるところに、恋人が欲しくてゲイバーに行った若い男がいたんだけどね——」

あとがき

はじめましての方ははじめまして、お久しぶりな方はお久しぶりです、寺崎昴《てらさきすばる》です。このたびは拙作をお手に取っていただきありがとうございます。

前作の『雪融《ゆきど》けのオークショニア』に引き続きシリアスなお仕事モノで書かせていただきましたが、いかがだったでしょうか。

今回もあまり明るい話ではなかったと思いますが、デビュー前からずっと書きたかったお話だったので、ＧＯサインを出してくださった担当Ｍ様、編集部様、本当にありがとうございました！

さて、今作もマイナーな職業……と言ってもいいんでしょうかね、遺品整理業者という仕事について書かせていただきました。テレビでたまたま遺品整理のドキュメンタリーを放送していて、そこから興味を持って調べていくうちに、お話が膨らんでいった感じです。

自分が死んだあとの処理について真剣に考えたのは初めてだったので、調べながらしんどくなってしまったのですが、読んでいる方も同じ気持ちになってしまったらごめんなさい。いや、ある意味それでいいのか……？　これを機に遺品整理について興味を持っていただけたら幸いです。

特殊清掃についてももっと突っ込んで書きたかったのですが、さすがにＢＬに落とし込むには生々しすぎたのでストップしました……。機会があればまたいずれ。

個人的に特殊清掃担当の橋本《はしもと》さんのような人間が好きです。いつかああいうちょっとテンションの高い好奇心旺盛な人を書いてみたいものです。あちこち走り回る相方の手綱を冷静沈着もしくはおせっかいな相方が握ってるけど、結局振り回されちゃうお話とか大好物なので（書けるかどうかは別として）、そのうち頑張って設定等々練って提出してみたいと思います！

それから、この場を借りてイラストを担当してくださったサマミヤアカザ先生にお礼を。実は直近の別ジャンルのイラストも担当してくださっていて、引き続きのお仕事だったのですが、それがもう本当に素晴らしくて!!　今回も担当していただけることになったとき、飛び跳ねまくりました。本当に大好きです。キャララフの段階で優勝が決まっていたので、安心して完成を待っていたのですが、カバーイラストの美しさに卒倒しました……。額に入れて飾っておきたい……!!　素敵なイラストを本当に本当にありがとうございました！

そして編集部様（担当Ｍ様）、この本に関わってくださったすべての方々に感謝します。支えてくれた家族、親友にはより一層の感謝を。闘病中の大親友には最大級の祈りを。

今回著者校正中に原稿にお茶を零したり齧ったりした子猫たちには反省してもろて。いや、反省しなくていいので元気に大きく育ってください（保護猫活動に興味がある方はぜひぜひ仲間になりましょう！）。

読んでくださったあなたには最大級の感謝と尊敬と祝福を。

お手紙やX（旧Twitter）などで感想をいただけると光栄です。ではまたどこかで。

令和五年十月　寺崎昂

LYNX ROMANCE

小説原稿募集

リンクスロマンスではオリジナル作品の原稿を随時募集いたします。

募集作品

リンクスロマンスの読者を対象にした商業誌未発表のオリジナル作品。
（商業誌未発表のオリジナル作品であれば、同人誌・サイト発表作も受付可）

募集要項

＜応募資格＞

年齢・性別・プロ・アマ問いません。

＜原稿枚数＞

４５文字 ×１７行（１枚）の縦書き原稿、２００枚以上２４０枚以内。
※印刷形式は自由。ただしＡ４用紙を使用のこと。
※手書き、感熱紙不可。
※原稿には必ずノンブル（通し番号）を入れてください。

＜応募上の注意＞

◆原稿の１枚目には、作品のタイトル、ペンネーム、住所、氏名、年齢、電話番号、メールアドレス、投稿（掲載）歴を添付してください。
◆２枚目には、作品のあらすじ（４００字～８００字程度）を添付してください。
◆未完の作品（続きものなど）、他誌との二重投稿作品は受付不可です。
◆原稿は返却いたしませんので、必要な方はコピー等の控えをお取りください。
◆１作品につき、ひとつの封筒でご応募ください。

＜採用のお知らせ＞

◆採用の場合のみ、原稿到着後６カ月以内に編集部よりご連絡いたします。
◆優れた作品は、リンクスロマンスより発行させていただきます。
原稿料は、当社既定の印税でのお支払いになります。
◆選考に関するお電話やメールでのお問い合わせはご遠慮ください。

宛 先

〒151-0051
東京都渋谷区千駄ヶ谷４−９−７
株式会社　幻冬舎コミックス
「リンクスロマンス　小説原稿募集」係

この本を読んでの
ご意見・ご感想を
お寄せ下さい。

〒151-0051
東京都渋谷区千駄ヶ谷4-9-7
(株)幻冬舎コミックス　リンクス編集部
「寺崎《てらさき》 昴《すばる》先生」係／「サマミヤアカザ先生」係

リンクス ロマンス

モーニングワーク

2023年10月31日　第1刷発行

著者……………寺崎《てらさき》 昴《すばる》
発行人…………石原正康
発行元…………株式会社　幻冬舎コミックス
〒151-0051　東京都渋谷区千駄ヶ谷4-9-7
TEL 03-5411-6431（編集）
発売元…………株式会社　幻冬舎
〒151-0051　東京都渋谷区千駄ヶ谷4-9-7
TEL 03-5411-6222（営業）
振替00120-8-767643
印刷・製本所…株式会社　光邦
検印廃止

ISBN978-4-344-85324-9 C0293
Printed in Japan

幻冬舎コミックスホームページ　https://www.gentosha-comics.net

本作品はフィクションです。実在の人物・団体・事件などには関係ありません。